Jürgen Warmbold

FALSCHE SCHATTEN

Der in Braunschweig geborene Autor Jürgen Warmbold arbeitet als freiberuflicher Fachjournalist in technischen Themenbereichen. Seine Texte werden sowohl in Fachzeitschriften als auch in großen deutschen Tageszeitungen veröffentlicht. ›Falsche Schatten‹ ist der dritte Roman des Autors, der heute im Bremer Umland lebt, und zugleich die letzte Folge der Trilogie um den Protagonisten Clemens Kaltenbach. Darüber hinaus hat Warmbold die Kurzgeschichte ›Mord im Tussitoaster‹ als E-Book veröffentlicht.

Jürgen Warmbold

FALSCHE SCHATTEN

Kriminalroman

Die Deutsche Nationalbibliothek verzeichnet diese Publikation
in der Deutschen Nationalbibliografie; detaillierte bibliografische
Daten sind im Internet über dnb.d-nb.de abrufbar.

Originalausgabe
Erstveröffentlichung Juli 2014
Copyright © 2014 by Jürgen Warmbold
Titelfoto: Jürgen Warmbold
Herstellung und Verlag: BoD - Books on Demand, Norderstedt
Printed in Germany
Nachdruck, auch auszugsweise, nur mit Genehmigung des Autors
ISBN 9783735742865

Dienstag, 5. Juli

Er hätte nie gedacht, dass es so einfach sein würde, ein Krimi-drehbuch zu schreiben. Nun ja, er hat die Rollen ausschließlich mit lebenden Personen besetzt. Neue Figuren zu entwickeln, wäre ohnehin nicht zielführend gewesen, schließlich haben ihm die vorhandenen genug Anlass für das Drehbuch gegeben. Da er weiß, wie sie ticken und reagieren, ist es ihm leicht gefallen, ihre Handlungswege vorzuzeichnen. Er muss sie nur noch entsprechend manipulieren. Am meisten freut ihn, dass er schon das bittere Ende der Geschichte kennt. Bitter für die Protagonisten!

Er zieht sich in den Schatten eines Baumes zurück, als eine seiner Hauptfiguren wieder einmal ans Fenster tritt. Sie starrt auf die dunkle Straße, als fände sie dort den Schlüssel zur Lösung ihrer Ängste. Er lacht in sich hinein. Hier liegt kein Schlüssel, sondern der Anfang seines Drehbuches, das von Enttäuschung und Wut handelt und seine Rache beschreibt. Er wird sich Zeit nehmen für seine Rache, wird sie in all ihren Facetten auskosten und in Ruhe dabei zuschauen, wie die Ängste seiner Figuren wachsen, ihre Hoffnungen verwelken und sie daran zerbrechen.

Sie öffnet das Fenster, um besser hinausschauen zu können. Die Elsasser Straße liegt zwei Stockwerke unter ihr im Halbdunkel. Drückende Schwüle lastet auf Bremen. Die Blätter der Bäume bewegen sich keinen Millimeter, als hätte sie jemand mitten im Sommer eingefroren. Auf ihrer Straßenseite führt ein älterer Mann seinen Hund Gassi. Er wohnt im Nebenhaus. Sie kennt ihn, nicht aber seinen Namen. Sonst ist niemand zu sehen. Der Hund bleibt unter ihrem Fenster stehen, hebt ein Bein und pinkelt gegen den Zaun. Altes Schwein, denkt sie, piss in deinen eigenen Vor-garten. Schwanzwedelnd sieht der Hund zu ihr herauf. Sein Herrchen wird ungeduldig. Er blickt ebenfalls nach oben. »Hallo Frau Petersen, noch nicht müde?«

»Geht so.« Woher kennt er ihren Namen? Wahrscheinlich tratschen die Alten den ganzen Tag lang rum.

»Schönen Abend noch, Frau Petersen«, ruft der Mann. »Nessie braucht Bewegung.«

Nessie, denkt Maren verächtlich. Sie sieht, dass der Hund schon nach zwei Schritten wieder stehenbleibt. Auf der anderen Straßenseite hat etwas sein Interesse geweckt, etwas, das Maren nicht sehen kann. Sie reibt ihre Arme, auf denen sich Gänsehaut bildet.

Der Mann zieht den Hund weiter. Nessie schaut beim Gehen immer wieder zur gegenüberliegenden Seite. Im Schatten eines Baumes glaubt Maren eine Bewegung zu sehen. Sie löscht das Licht. Eine Gestalt tritt aus dem Dunkel, stellt sich unter die Straßenlampe und blickt, ihr Gesicht unter einer weit nach vorn gezogenen Kapuze verborgen, zu ihr herauf. Björn Hiller stellt ihr also wieder nach. Eine ganze Zeit lang hat er Ruhe gegeben. Oder hat er sich geschickt verborgen und ist ihr nicht aufgefallen?

Maren mag nicht länger hinschauen. Sie geht in ihr Büro, um zu prüfen, ob E-Mails gekommen sind. Ihr Blick fällt auf eins der Schwarz-Weiß-Fotos mit Blumenmotiven von Robert Mapplethorpe, das schief hängt. Komisch, bevor sie am Nachmittag einkaufen gegangen ist, hat das Bild noch gerade gehangen. Da ist sie sich sicher. Und Clemens ist nicht hier gewesen. Sie zuckt die Schultern und wendet sich ihrem PC zu, der eine neue Nachricht anzeigt. Da kein Betreff und kein Absender angegeben sind, prüft sie die Mail zunächst auf Viren. Die Nachricht enthält ausschließlich ein sehr grobkörniges und leicht unscharfes Foto, das Clemens und Brigitte auf deren Terrasse zeigt. Clemens sitzt am Gartentisch vor einem Notebook, Brigitte Bunk, seine Ex und jetzige Chefin, schaut ihm über die Schulter, auf der ihre Hand ruht, als wolle sie die schwarzen Locken in seinem Nacken krau-

6

len. Na ja, an seiner hohen Stirn und seiner Tonsur gibt es nun mal nichts zu kraulen.

Wie gleich doch Clemens' Frauengeschmack über die Jahre geblieben ist. Brigitte und sie sind gleich groß, haben beide ein längliches Gesicht und tragen lange Haare. Der Gegensatz besteht in der Farbe der Locken, die bei Brigitte in einem mittleren Blond, bei ihr in einem satten Schwarz erstrahlen. Sie hatten früher auch die gleiche Figur, aber sie ist durch den Stress in den vergangenen zwei Jahren abgemagert. Ein Makel, den sie durch weite Kleidung zu kaschieren versucht, was nie hundertprozentig gelingt.

Muss sie sich wegen der Beziehung zwischen Clemens und Brigitte Gedanken machen? Clemens sagt, da sei nichts dran. Aber was heißt das schon? Vielleicht reicht eine zufällige Berührung und die alte Vertrautheit ist wieder da? Das Verlangen, das die beiden damals jahrelang aneinandergebunden hat? Brigitte hält auf jeden Fall nach wie vor zu Clemens, denn sie hat ihm als Chefredakteurin den Weg zurück in die Redaktion des Bremer Tageskuriers geebnet. Maren versucht, diese Gedanken beiseitezuschieben, aber sie kommt nicht davon los. Obwohl sie sich im Laufe des letzten Jahres selbst mit Brigitte angefreundet hat und ausnahmsweise einmal bereit wäre, an das Gute im Menschen zu glauben.

Um auf andere Gedanken zu kommen, geht sie in die Küche. Als sie einen Joghurt aus dem Kühlschrank nimmt, fällt ihr eine Flasche Weißwein auf. Eine, die gestern noch voll gewesen und jetzt fast leer ist. Wenn Clemens Alkoholiker werden will, dann ohne mich, denkt sie. Ihr ist der Appetit vergangen.

Maren konzentriert sich auf das Foto. Auf dem Gartentisch liegen Dokumente, die nach Arbeit aussehen. Diesen Aufwand kann sich Hiller sparen. Sie wird nicht zulassen, dass er ein weiteres Themenfeld eröffnet, auf dem er sie attackieren kann. Vor ein paar Tagen ist schon ein Foto gekommen, das zeigt, wie Clemens und Brigitte zusammen zu einer Vernissage gehen, über die er für den Tageskurier geschrieben hat. In Erinnerung an das Bild muss Maren doch schmunzeln. Dass Clemens bei offiziellen Anlässen sogar im Sommer einen Hut trägt, zeigt, wie sehr ihm seine hohe Stirn und seine Tonsur zu schaffen machen.

Auf dem Tisch fallen ihr aber auch zwei Weinflaschen auf. Die eine ganz, die andere fast leer. Schon wieder Alkohol. Ärger kocht in ihr hoch. Vor diesem Hintergrund erhalten seine gemeinsamen Abende mit der Ex eine andere Qualität. Und wer weiß, welche Bedenken der Wein beiseiteschiebt? Maren nimmt sich vor, ihn zur Rede zu stellen.

Mittwoch, 06. Juli

Clemens Kaltenbach hebt beschwichtigend die Hände. »Ich werde doch mit Brigitte noch ein Gläschen Wein trinken dürfen, oder?«

»Ein Gläschen? Ihr habt zwei Flaschen geleert. Und da Brigitte kaum Alkohol trinkt, ist ja wohl klar, wer mal wieder richtig zugelangt hat.«

Kaltenbach gießt sich eine Tasse Kaffee ein. Ihm geht es gegen den Strich, schon beim Frühstück angepflaumt zu werden. Dazu diese Hitze, die sich bereits am frühen Morgen wieder in die Küche schleicht. »Wenn Hiller mich weiterhin beschattet und dir Fotos schickt, hat er ja endlich eine Existenzberechtigung.«

Maren wird laut. »Sei nicht albern, Clemens. Außerdem brauche ich Hiller nicht, um dir auf die Schliche zu kommen. Oder meinst du, mir wäre nicht aufgefallen, dass die Flasche Weißwein, die im Kühlschrank steht, vorletzte Nacht leerer geworden ist. Und in der vergangenen Woche ist einer der beiden schweren Bordeauxweine, den wir im Küchenschrank gelagert haben, verschwunden.« Sie schlägt mit der Faust heftig auf den Tisch und bringt das Service zum Klirren. »Was denkst du, wie die Lösung aussehen könnte? Ist der Wein verdunstet und die Flasche gleich mit oder wirst du zum Alkoholiker?«

Kaltenbach verschränkt seine Arme vor der Brust. »Du bist also sauer, weil ich häufiger mal einen Abend mit Brigitte verbringe. Das zeugt nicht gerade von Vertrauen, zumal du weißt, dass es beruflich ist. Wir haben in der Redaktion viel zu tun, weil Kollegen und Kolleginnen in Urlaub oder krank sind.«

»Und warum arbeitet ihr nicht im Büro?«

»Mensch Maren, es käme nun mal nicht gut an, wenn wir in der Redaktion Alkohol trinken würden. Außerdem ich sehe nicht ein, dass ich bei unbezahlten Überstunden nicht mal einen Wein trinken sollte, den meine Chefin spendiert. Wenn du mir nicht traust, dann setz dich zu uns.«

»Und was ist mit dem Wein, der hier verschwunden ist. Auf was hast du damit angestoßen?«

Er wird rot. »Was willst du, Maren? Ich trinke nicht heimlich und weiß auch nicht, wo unser Wein geblieben ist. Und ich habe auch kein Verhältnis mit Brigitte.«

Maren knallt ihr Messer auf den Tisch. »Vielleicht kein sexuelles, aber ein alkoholisches.«

Kaltenbach steht auf. Angesichts der schlechten Laune von Maren beschließt er, sie nicht in seine Pläne für den Abend einzuweihen.

Brigitte Bunk schaut in den Seitenspiegel. »Ist es immer noch derselbe Verfolger?« Ihre dunkle Stimme löst bei Kaltenbach nach wie vor ein Kribbeln aus.

»Ja, seitdem wir bei dir losgefahren sind. Er hat sich zweimal hinter einen anderen Wagen zurückfallen lassen, um uns zu täuschen. Aber ich habe seine Scheinwerfer ständig im Blick gehabt.«

Kaltenbach mustert Brigitte Bunk von der Seite, lässt seine Augen über ihren Körper gleiten. Sie hat, im Gegensatz zu ihrer Arbeit im Verlag, bei der sie sich eleganter kleidet, zu einer farblich auffallenden Bluse in blauen und orangen Tönen und einer Jeans gegriffen. Keine Andeutung von einem Dekolleté, als ginge es ihr darum, eine Grenze zu verteidigen. Kaltenbach denkt an die Zeit zurück, in der sie ein Paar gewesen sind. Sieben Jahre ist das her. Das Verhältnis ist an ihrer beruflichen Zusammenarbeit zerbrochen. Danach hat ihn Brigitte zeitweise sogar gemobbt. Seit einem Jahr können sie wieder gut miteinander.

Sie schaut mit gespielter Entrüstung zurück. »Überprüfst du, ob ich noch eine Toppfigur habe?«

Kaltenbach fühlt sich ertappt, was ihn aber nicht stört. »Du siehst zum Anbeißen aus, Brigitte, einfach hinreißend.«

»Netter Versuch, mich abzulenken, aber du solltest lieber unseren Verfolger im Auge behalten.« Sie schiebt ihren Sitz zurück, um mehr Beinfreiheit zu haben. »Was ist das eigentlich für ein Wald, in den wir fahren?«

»Das Sellingsloh, es liegt zwischen Bruchhausen-Vilsen und Hoya.«

»Und du glaubst, Hiller wird uns im Dunkeln in einen abgelegenen Wald folgen?«

»So besessen, wie der Typ ist, wird er unbedingt wissen wollen, was wir dort treiben.«

»Wenn du mich fragst, sollten wir die Sache abbrechen. Dein Plan kommt mir unausgegoren vor. Darüber denke ich schon länger nach, wollte dich aber nicht hängenlassen. Was ist, wenn Hiller eine Pistole zieht und uns einfach erledigt?«

»Das wird er nicht tun. Hiller will Maren für sich gewinnen, indem er mir etwas anhängt. Indem er uns ein Verhältnis andichtet und dich mit reinzieht. Er wird uns deshalb beobachten und Maren wieder eine Mail schicken. Brächte er uns um, würde er Maren gegen sich aufbringen und damit das Gegenteil von dem erreichen, was er anstrebt.«

Brigitte Bunk schüttelt den Kopf. »Was sagt Maren überhaupt zu unserem Date?«

»Sie ahnt nichts davon. Sie kann mich nicht mal erreichen, ich habe mein Smartphone ausgeschaltet.«

»Das ist nicht dein Ernst. Falls uns was passiert, weiß niemand, wo man nach uns suchen könnte.«

»Mach bitte keinen Stress, du weißt, dass ich die Sache nur mit dir durchziehen kann. Es sollte auch in deinem Interesse sein, dass es endlich aufhört.«

»Natürlich wäre ich froh darüber. Wer lässt sich schon gern bespannnern? Trotzdem bleibt ein ungutes Gefühl.«

»Gedanklich habe ich alle möglichen Situationen durchgespielt. Abgesehen davon ist Jens Wagner informiert.« Kaltenbach schaut in den Rückspiegel. »Unser Plan scheint aufzugehen. Es ist noch derselbe Wagen.«

Brigitte Bunk dreht sich um und blickt durch das Rückfenster. »Wie kann man so kopfkrank sein, wie dieser Hiller. Er sollte doch irgendwann begreifen, dass er bei Maren nicht landen kann.«

»Ich verstehe das auch nicht. Selbst als mieser kleiner Stalker müsste ihm klar sein, dass er sich nicht normal verhält.«

Sie fahren eine Weile schweigend. Die Lichter des Wagens spiegeln sich in den Scheiben der Häuser, an denen sie vorbeikommen. Das Ortsschild von Bruchhausen-Vilsen taucht im Scheinwerferlicht auf.

Bunks Smartphone klingelt. »Hallo, Brigitte, ist Clemens bei dir? Er hat sein Handy ausgeschaltet.«

»Hallo, Maren, ich geb´ ihn dir.«

Kaltenbach wäre das Smartphone fast aus der Hand gerutscht. Maren hat ihm gerade noch gefehlt.

»Ihr fahrt spazieren«, sagt sie bissig.

»So kann man es auch sehen. Ich erkläre dir alles später, jetzt muss ich mich konzentrieren.«

»Hast du getrunken? Was treibst du hinter meinem Rücken?«

»Bitte Maren, ich erzähle es dir, sobald ich zu Hause bin.«

»Ich will es sofort wissen, auf der Stelle.« Der warnende Unterton in ihrer Stimme ist nicht zu überhören.

»Reg dich nicht auf, Hiller ist wieder hinter Brigitte und mir her. Aber gleich sitzt er in der Falle.«

»Mach keinen Scheiß, wo seid ihr?«

»Gleich da, ich muss Schluss machen.« Er drückt das Gespräch weg und schaltet das Smartphone aus.

Brigitte Bunk sieht ihn an. »Du könntest etwas netter zu Maren sein, sie hätte es verdient.«

»Hiller macht mich wahnsinnig, er ist auf dem besten Weg, unsere Beziehung zu zerstören. Ständig steht er vor unserem Fenster und glotzt zu uns hoch. Er schreibt Maren Briefe und fleht sie an, ihn zu erhören. Er wolle ihr einen Ausweg aus ihrem armseligen Leben bieten und warte nur darauf, dass auch sie begreift, wie wichtig das für sie sei. Außerdem faselt er immer häufiger von Gunnar Neuhaus, versucht uns ein schlechtes Gewissen zu machen, weil wir nach Gunnars Tod gleich zusammengezogen sind.«

Brigitte schaut nach hinten. »Der Wagen ist immer noch da. Wie ist Hiller überhaupt auf die Geschichte mit Gunnar gekommen?«

»Er hat was gesucht und passende Informationen gefunden. Heutzutage steht doch alles jahrelang im Internet. Je mehr man sucht, je mehr findet man.«

Brigitte Bunk räuspert sich. »Ihr habt ihm eine saubere Angriffsfläche geboten. Gunnar war dein bester Freund und Marens Lebensgefährte.«

»Ich war nun mal scharf auf Maren. Ich hätte ihre Beziehung mit Gunnar aber nie zerstört. Weil ich das auf jeden Fall vermeiden wollte, habe ich sogar überlegt, aus Bremen wegzuziehen.

Abgesehen davon mussten wir uns ohnehin aus einer Notsituation heraus zusammentun.«

»Ich weiß, das sollte auch kein Vorwurf sein.«

Kaltenbach deutet nach vorn. »Wir sind da, dort vorn biegen wir rechts ab. Mal sehen, wie Hiller reagiert. Mut müsste er schon haben, um uns in den dunklen Wald zu folgen.«

Brigitte Bunk packt Kaltenbachs Unterarm. »Du sagst es, der Wald ist völlig dunkel. Nicht einmal der Mond lässt sich blicken. Auf was habe ich mich da eingelassen?«

»Dir passiert nichts, Brigitte, es ist alles vorbereitet.« Kaltenbach biegt über die Schienen der Museumseisenbahn Bruchhausen-Vilsen in den Wald ab. Die Scheinwerfer erfassen kurz das Stationsschild »Sellingsloh« und leuchten dann den Waldparkplatz aus, von dem zwei Wanderwege abgehen. Kaltenbach fährt seinen Wagen schräg vor die rot-weiß gestreifte Schranke, die den Weg für Autos versperrt, und schaltet den Motor aus. Jetzt hat er den Verfolger seitlich im Blick, sobald er kommt.

Brigitte Bunk rutscht unruhig auf dem Beifahrersitz hin und her. »Wo bleibt er denn, er müsste längst hier sein?«

Kaltenbach lässt sein Seitenfenster herunter. »Es ist nichts zu hören. Vielleicht hat er sein Licht ausgeschaltet und ist unmittelbar nach uns in den Wald eingebogen.«

Die unheimliche Atmosphäre des dunklen Waldes kriecht in das Wageninnere, als wolle sie Bunk und Kaltenbach umarmen. Untermalt von nächtlichen Geräuschen, die in ihnen Ohren übernatürlich laut klingen. Hinzu kommt das Gefühl, von tausend Augen- und Ohrenpaaren beobachtet zu werden.

»Du meinst, er ist hier und eventuell schon ausgestiegen? In dieser pechschwarzen Nacht könnte er direkt neben uns stehen, ohne dass wir ihn bemerken. Mach Licht an.«

Kaltenbach nickt mit dem Kopf Richtung Straße. »Er kommt.«

Ein Geländewagen biegt auf den Parkplatz ein, bleibt kurz hinter den Schienen stehen und blendet voll auf, sodass Kaltenbachs

Wagen aus der Finsternis hervorgehoben wird wie ein Sänger vom Strahl eines Bühnenscheinwerfers. Dann schaltet der Fahrer das Licht aus. Wieder versinkt der Schauplatz in Schwärze.

»Was passiert jetzt? Er versperrt uns die Ausfahrt.« Bunks Stimme überschlägt sich. »Ich glaube, der will heute nicht fotografieren. Wie sollte er auch in dieser Finsternis. Er hat einen anderen Plan, sonst wäre er uns nicht in den Wald gefolgt.«

Sie versucht auszusteigen, doch Kaltenbach hält sie am Arm fest. »Verlier bitte nicht die Nerven, Brigitte. Gleich kommt Jens, dann nehmen wir Hiller in die Zange. Guck, da ist Jens schon.«

Jens Wagner betätigt die Lichthupe, weil der Geländewagen den Weg blockiert. Dessen Fahrer schaltet sein Licht wieder ein und fährt langsam auf Kaltenbach und Bunk zu.

Bunk deutet auf den Rammschutz des Fahrzeugs, der im Scheinwerferlicht noch bedrohlicher wirkt. »Clemens, der hält nicht an.«

Doch der Gegner stoppt, als hätte er plötzlich die Lust an dem Spiel verloren. Er wendet und tritt das Gaspedal so stark durch, das die Räder Erde und Steinchen vom Waldboden hochschleudern. Wagners quergestelltes Auto ist kein Hindernis für den Geländewagen. Es wird am Heck getroffen und zur Seite gerammt.

Weil die Fahrertür klemmt, muss Wagner auf der Beifahrerseite aussteigen. Er schenkt seinem Auto, das sowieso nicht durch TÜV-Prüfung gekommen wäre, die in zwei Wochen ansteht, nur einen kurzen Blick, bevor er zu Bunk und Kaltenbach läuft. »Seid ihr okay? Sagt doch was.«

Maren Petersen, außer sich vor Wut, leuchtet Kaltenbach mit ihrer Taschenlampe ins Gesicht. »Wie konntest du nur auf solch eine bescheuerte Idee kommen?« Sie wendet sich an Brigitte Bunk. »Und du unterstützt ihn auch noch bei diesem Schwachsinn. Habt ihr euch zusammen Mut angetrunken?«

»Lass Brigitte in Ruhe. Sie hat auf mich eingeredet, die Aktion abzubrechen.«

»Und warum hast du nicht auf sie gehört?« Sie winkt ab. »Was will man von einem Mann auch erwarten? Männer stehen immer noch mit einem Bein in der Steinzeit und tragen stolz eine Keule auf der Schulter.« Maren sieht sich um. »Wo steckt Jens, hat er den Plan mit ausgeheckt?«

Brigitte Bunk deutet auf den Streifenwagen, den sie gerufen hat. »Er hat die Nummer des Geländewagens notiert und macht seine Aussage. Clemens hat ihn beauftragt, sein Umfeld zu überwachen. Jens hat gegenüber auf der anderen Straßenseite im Wald auf uns und Hiller gewartet. Das habe ich auch erst hinterher erfahren.«

Maren hakt sich in Brigittes linken Arm ein. »Komm, du kannst bei mir schlafen. Die beiden Waldmenschen sind ja schon dort, wo sie hingehören.«

Donnerstag, 07. Juli

»Der Rat meiner Chefinnen tagt.« Kaltenbach versucht, bei der mitternächtlichen Begrüßung witzig zu klingen, kommt damit aber nicht an. Er steht in der Tür des länglichen Raums, der von einer Sitzecke mit einem Dreiersofa, einem niedrigen Beistelltisch und zwei Besuchersesseln geprägt wird. Brigitte und Maren sitzen auf den Besuchersesseln im Licht des Deckenfluters, der dem Raum Behaglichkeit verleiht. Neben der Sitzecke hat Maren an der schmalen, dem Fenster gegenüberliegenden Wand ein helles Sideboard aufgestellt, auf dem ein Strauß Trockenblumen und eine Lampe mit einem sandfarbenen Porzellansockel stehen. Über dem Möbel hängen drei Radierungen mit Landschaftsmotiven von

Günter Grass, die sie letzte Woche gekauft hat. Kaltenbach lehnt sich an das Bücherregal, das die Sitzecke optisch mit dem Essbereich verknüpft, und wartet auf die Strafpredigt, die Maren gleich halten wird.

Brigitte Bunk steht auf. »Ich gehe dann mal. Danke für den Bordeaux, Maren.«

»Willst du etwa alleine zu Hause schlafen? Nach allem, was passiert ist? Hiller hat dich auch auf dem Kieker und er weiß, wo du wohnst. Bleib doch hier, Clemens schläft gern mal wieder auf dem Sofa.«

»Danke für das Angebot, aber ich habe eine gute Alarmanlage.«

»Du musst es wissen. Ich rufe dir ein Taxi.«

Maren bringt Brigitte zur Tür und kommt mit einer leeren Miniflasche zurück. Sie dreht die Flasche auf und riecht daran. »Whisky! Clemens, was ist los mit dir? Die Flasche habe ich in deiner Jackentasche gefunden. Wir haben vor einem Jahr vereinbart, dass du nur noch hin und wieder Alkohol trinkst. Als Gegenleistung habe ich versprochen, nicht mehr zu rauchen. Ich habe mich daran gehalten, aber du trinkst nicht mehr, du säufst. Tut mir leid, aber anders kann ich das nicht nennen. Mach bitte eine Therapie.«

Kaltenbach weicht die Farbe aus dem Gesicht. »Ich habe die Flasche noch nie gesehen. Wie kannst du mir ständig diese haltlosen Vorwürfe machen? Warum vertraust du mir nicht?«

Maren steht auf. »Mach doch was du willst, Clemens Kaltenbach. Ich halte das alles nicht mehr aus. Das mit Hiller wird nie aufhören. Der Druck, den er in Gunnars Namen aufbaut, zerreißt mich. Egal, wohin ich gehe, überall erinnert mich etwas an Gunnar. Und irgendwie hat Hiller ja auch recht. Wir hätten nicht gleich wieder was miteinander anfangen sollen.«

»Sag, dass das nicht dein Ernst ist. Hat dich Hiller endlich da, wo er dich haben will?«

»So ein Quatsch. Dennoch hätten wir warten sollen. Das wir es nicht getan haben, war natürlich auch meine Schuld. Ich wusste nicht mehr weiter, wir waren auf der Flucht und du warst damals mein einziger verbliebener Halt.« Sie wischt sich eine Träne von der Wange. »Das scheint allerdings auch vorbei zu sein.«

»Was willst du damit sagen? Jetzt, wo ich beruflich Tritt gefasst habe und es uns finanziell besser geht, willst du dich von mir trennen?«

»Ich habe nur gesagt, dass du mir immer weniger Halt gibst. Beweise mir, dass du nicht trinkst, damit ich dir wieder vertrauen kann.«

Kaltenbach springt auf, läuft in die Küche und kommt mit einem ungebrauchten Frischhaltebeutel zurück. Damit greift er die Flasche und verschließt den Beutel, ohne den Inhalt mit seinen Fingern zu berühren. »Ich gehe zur Polizei. Markus soll die Flasche auf Fingerabdrücke untersuchen.«

Freitag, 08. Juli

Während des Frühstücks mit Maren, das sehr schweigsam verlaufen ist, hat die Polizei Nienburg angerufen. Der Geländewagen ist gestern Mittag als gestohlen gemeldet worden. Nach dem Frühstück hat Kaltenbach mit Brigitte Bunk telefoniert und sich für heute freigenommen. Dann ist er zu Kriminalhauptkommissar Markus Sandman gefahren. Sein Freund Markus hat ihm versprochen, die Whiskyflasche sofort auf Fingerabdrücke untersuchen zu lassen.

Jetzt klingelt Kaltenbach an Wagners Tür in der Yorckstraße. Er schaut sich um. Für die alten Reihenhäuser, die hier, wie in vielen Straßen der Bremer Neustadt, durch vorgebaute Wintergärten einen besonderen Charme versprühen, hat er keinen Blick übrig. Nur auf einem Gebäude schräg gegenüber bleiben seine Augen kurz ruhen. Dort hat er mit Franziska Bommer gewohnt. Seine damalige Freundin ist demselben Mörder zum Opfer gefallen wie Gunnar Neuhaus.

Die Tür geht auf. »Wollen wir?« Wagner zieht eine leichte Jacke über. »Hausbesuch?«

Kaltenbach nickt. Ihr Ziel ist Hillers Villa in Bremen-Obeneuland.

Wagner, der sich schon auf Kaltenbachs Seite geschlagen hatte, als er noch als Detektiv auf der Honorarliste von Hiller stand, stößt angesichts der Größe von Hillers Anwesen einen anerkennenden Pfiff aus. »Als Juniorchef einer Maschinenfabrik lebt man nicht schlecht. Ich bin nie hier gewesen, du etwa?«

»Nein, aber Maren hatte das Vergnügen. Wie du weißt, hat sie früher für Hiller die Pressarbeit gemacht.«

Wagner deutet auf die Grundstückstür, die weit offen steht. »Gehen wir einfach rein, ohne zu klingeln?«

Kaltenbach nickt. »Klar, wir schauen uns erst mal auf dem Grundstück um. Ich schlage vor, du gehst rechts um das Haus rum und ich nehme die linke Seite.«

Er versucht gar nicht erst, sich anzuschleichen. In Anbetracht der bodentiefen Fenster im Erdgeschoss des Hauses wäre die Möglichkeit, unbemerkt zu bleiben, ohnehin gering. Soll Hiller ihn doch sehen. Kaltenbach ist erstaunt, wie viel Gespür für die Natur der Stalker in seinem Garten angelegt hat. Staudenbeete durchziehen das Grundstück. Zusammen mit einem großen Teich, in den ein Wasserfall läuft, und zwei alte Eichen ergeben sie ein stimmiges Gesamtbild. Hier sieht man, wo Geld steckt, aber zufrieden ist Hiller dennoch nicht, denkt Kaltenbach. Selbst er kann sich nicht alles kaufen.

Unbewusst tritt Kaltenbach nun doch leise auf, obwohl er auf dem gepflasterten Weg kaum Geräusche verursacht. Am Ende der

Hausseite angekommen, lugt er vorsichtig um die Ecke. Der Stalker sitzt in einem Gartenstuhl mit einem Notebook auf dem Schoß und kratzt sich an der rechten Schläfe, als müsse er lange überlegen, was er schreiben soll. Wahrscheinlich entwirft er wieder eine Mail an Maren, denkt Kaltenbach. Er muss sich eingestehen, dass Hiller durch seine schlanke, durchtrainierte Figur, seine modisch lässige Kleidung, die er laut Maren in den teuersten Geschäften kauft, seine kurz geschnittenen Haare und seinen Dreitagebart durchaus Frauen beeindrucken kann. Er ist und bleibt aber eine Mogelpackung.

Hiller sieht Kaltenbach und zuckt zusammen. »Was wollen Sie, Kaltenbach, wie sind Sie hier reingekommen?«

»Sie hätten Ihr Grundstück abschließen sollen, statt sich mit einem Kopf voll wirrer Fantasien in den Garten zu hocken.« Kaltenbach greift sich das Notebook, öffnet die Bilddateien und findet die Fotos von Maren, die Hillers automatische Kamera vor einem Jahr an seinen Swimmingpool aufgenommen hat. Er löscht die Dateien, klappt das Notebook wieder zu und gibt es zurück. »Kommen wir zum Thema. Ich bitte Sie noch einmal, uns in Ruhe zu lassen. Sonst zeige ich Sie an.«

»Das haben Sie doch schon gemacht, hat aber nichts gebracht.«

»Ich zeige sie so oft an, bis es etwas bringt. Es gibt inzwischen genügend Leute, die bereit wären, gegen sie auszusagen. Sie gehören in die Psychiatrie. Das wissen Sie selbst, lassen sich aber nicht behandeln. Uns reicht es. Bei Maren werden Sie nie landen. Darum noch einmal: Wenn Sie Ruhe geben, vergessen wir alles, was sie getan haben.«

Hiller lächelt herablassend. »Verschwinden Sie, sonst zeige ich Sie an.«

»Wir sind doch gar nicht hier, oder Jens?« Kaltenbach blickt Wagner an, der von der anderen Seite herantritt.

»Nö, wir würden doch nicht unsere Zeit mit einem Psychopathen verplempern.«

»Raus.« Hiller schreit.

Kaltenbach setzt sich in einen freien Gartenstuhl und lehnt sich zurück. »Niemand geht. Was haben Sie gestern Abend angestellt, Hiller, wo sind Sie gewesen?«

Hiller greift nach seinem Smartphone. »Wie Sie wollen, dann kriegen Sie eben Besuch von der Polizei.«

Kaltenbach lacht. »Weshalb wollen Sie mich denn anzeigen? Weil ich gerade mit Jens Wagner in den Wallanlagen spazieren gehe? Machen Sie sich nicht noch lächerlicher, Sie jämmerliche Figur.« Er springt auf und packt Hiller am Hemdkragen. »Sie sind gestern Abend in einem verbeulten Geländewagen Richtung B6 durch Bruchhausen-Vilsen gefahren und dabei gesehen worden.«

Hiller versucht, Kaltenbachs Hände von seinem Kragen zu zerren, aber der packt noch fester zu. »Sie sind wahnsinnig, Kaltenbach. Sie haben die Verzweiflung von Maren nach dem Tod von Neuhaus ausgenutzt und sie auf einen falschen Weg geführt.«

»Und Sie hören sich wie ein Prediger an, dabei sind Sie ein armseliger Stalker. Ich rate ihnen dringend, sich von uns fernzuhalten und auch keine Briefe, Fotos und Mails mehr zu senden. Aber vorher sagen Sie noch, wo Sie gestern Abend waren.«

»Mit Ihnen spreche ich nur noch über meinen Anwalt. Was Sie hier machen, ist Freiheitsberaubung.«

»Wir sind doch gar nicht hier. Außerdem habe ich ein Alibi. Schon vergessen?«

Kaltenbach zeigt den Ausdruck des Fotos, auf dem er zusammen mit Brigitte Bunk auf ihrer Terrasse sitzt. »Das ist meine Chefin. Sie können sich also die Mühe sparen, uns zu bespitzeln. Wir treffen uns auch abends rein beruflich.«

»Ich kenne diese Frau nicht. Hören Sie, Kaltenbach, ich spiele immer mit offenen Karten. Ich gebe zu, oftmals vor ihrer Wohnung auf der Straße zu stehen und Maren Briefe zu schicken. Das werde ich auch weiterhin tun, bis es Maren gelingt, sich aus Ihren Fängen zu befreien, bis sie begreift, dass sie mich liebt. Sollte das nicht klappen, werde ich Sie und Maren und anschließend mich selbst töten. In dem Fall hätte mein Leben jeglichen Sinn verloren. Aber ich habe Maren noch nie etwas gemailt und Sie habe ich weder fotografiert noch verfolgt. Denken Sie doch mal darüber nach, ob Sie sich anderweitig Feinde gemacht haben.«

Kaltenbach winkt ab. »Hören Sie auf mit Ihren kranken Drohungen und Ausreden.« Er deutet auf die hintere Ecke des Grundstücks. »Was haben Sie denn da, das sieht ja aus wie ein Grabstein?«

Er will darauf zugehen, aber Hiller springt auf und klammert sich an ihm fest. Kaltenbach stößt die Arme des Stalkers weg. Tatsächlich ein Grabstein, davor das mit einer Marmorplatte abgedeckte Grab. Angesichts der Inschrift traut Kaltenbach seinen Augen nicht: Björn Hiller und Maren Hiller, geb. Petersen. Darunter Porträts der beiden. Kaltenbach packt Hiller mit beiden Händen am Hals und drückt zu. Wagner reißt ihn weg. »Mach dich nicht unglücklich, Clemens. Der Typ ist kranker, als ich gedacht habe.«

In der Elsasser Straße findet Kaltenbach Maren mit blassem Gesicht vor. »Welche Laus ist dir denn wieder über die Leber gelaufen?«

Maren Petersen reicht ihm ein Blatt Papier. »Markus war hier. Das ist von der Kriminaltechnik.«

Kaltenbach überfliegt den Bericht der KTU. »Fingerabdrücke von dir und zwei unbekannten Personen. Wie du siehst, liegst du mit deinen Alkoholikerfantasien voll daneben. Die Flasche hat mir ein Spaßvogel in die Jackentasche gesteckt. Aber das ist doch kein Grund, traurig zu sein. Du solltest dich lieber freuen, dass ich nicht dem Alkohol verfallen bin.«

»Wer weiß, vielleicht hast du dir die Flasche selbst in die Tasche gesteckt und vorher Handschuhe angezogen?«

»Und warum sollte ich das tun?«

»Um mich in den Wahnsinn zu treiben. Dafür wäre es doch eine gute Idee, einen Spaßvogel vorzuschieben. Meinst du damit denselben, der in unserer Wohnung den Wein ausgetrunken hat? Denk doch mal nach. Wer sollte dir unbemerkt diese Flasche zugesteckt haben?«

Kaltenbach springt auf. »Ich gehe spazieren. Überleg du dir inzwischen, ob du mir weiterhin was anhängen willst.« Die Türklinke in der Hand dreht er sich um. »Im Wohnzimmer war vor ein paar Tagen morgens die Heizung voll aufgedreht, und das im Sommer. Findest du das nicht auch sehr seltsam?«

Auf ihrem Gesicht spiegeln sich Zweifel. »Das stimmt. Vor drei Tagen hat auch ein Bild in meinem Büro schief gehangen, nachdem ich kurz einkaufen war. Clemens, kann es sein, dass wir nicht allein in der Wohnung sind? Geht hier noch jemand ein und aus?«

Maren Petersen sitzt an der Schlachte, die Anfang des 21. Jahrhunderts zu Bremens neuer Flaniermeile umgestaltet worden ist, vor einem Glas Mineralwasser. Die Holzbänke der Lokale, die sich dicht aneinanderreihen, sind fast alle besetzt. Auf der schmalen Straße schlendern Menschen entlang, in der Hoffnung, doch noch einen freien Platz ergattern zu können. Heute hat Maren keinen Blick für die Weser übrig, die nur wenige Meter entfernt an ihr vorbeifließt, ebenso wenig für das gegenüberliegende Ufer mit dem Teerhof, auf dem das auf moderne Kunst ausgerichtete Museum Weserburg steht. Sie ist angespannt, obwohl das Vorstellungsgespräch mit Florian Waldbichler nach ihrer Einschätzung positiv verlaufen ist. Der Chef der Münchner PR-Agentur EdelText hat sich aufgrund einer Anzeige gemeldet, die sie in der Fachzeitschrift WERBEN & VERKAUFEN geschaltet hat, weil sie eine Stelle als Texterin sucht.

Waldbichler, ein attraktiver Enddreißiger, der auf teure Klamotten steht, hat ständig versucht, mit ihr flirten. Zuerst hat es ihr

22

gefallen, dann aber doch zunehmend genervt. Sie hat aber ja gesagt, als Waldbichler vorgeschlagen hat, sich zu duzen. Clemens hat sie nichts von dem Treffen erzählt. Ganz wohl ist ihr dabei nicht, aber er hat ihr seine Fahrt ins Sellingsloh auch verheimlicht und sie will unbedingt weg aus Bremen, den Schrecken der letzten Jahre für immer hinter sich lassen. Die bösen Schatten der Vergangenheit sind einfach zu groß, um ihnen hier entkommen zu können. Clemens könnte ja mit ihr gehen, sofern ihre Beziehung noch eine Zukunft haben sollte. Wo er wohl steckt?

»Entschuldigung, ist hier frei?«

Maren Petersen blickt erschrocken auf. Neben ihrer Holzbank steht ein vornehmer älterer Herr. Sie nickt, mag ihn angesichts der knappen Sitzgelegenheiten nicht wegschicken.

Der Mann setzt sich ihr gegenüber. »Sehr nett von Ihnen. Darf ich Sie zu einem kleinen Imbiss einladen?«

Maren fasst sich an den Bauch. »Danke, aber das wären zu viele Kalorien.«

Der Mann mustert sie eingehend. »Sie sind doch schlank und könnten sich das leisten. Bei leckeren Tapas und einem Gläschen Wein sähe die Welt gleich rosiger aus. Sie machen auf mich einen unglücklichen Eindruck.«

Maren verzieht ihr Gesicht. Der Mann wird ihr unangenehm.

Der Alte lässt nicht locker. »Wenn Sie sich nicht einladen lassen, darf ich Ihnen dann wenigstens ihre Zukunft aus der Hand lesen? Auf diese Weise könnten Sie erfahren, wann für Sie wieder die Sonne scheint.«

»Meinen Sie nicht, dass Sie etwas unverschämt werden?« Sie nimmt ihre Handtasche und geht, ohne sich noch einmal nach dem Mann umzusehen.

Kaltenbach und Maren hängen beim Abendessen ihren eigenen Gedanken nach. Wegen ihrer Streitigkeiten und des undurchsichtigen Geschehens in der Wohnung schwebt eine beklemmende

Atmosphäre über ihnen. Zudem hat Maren noch nicht verdaut, dass in Hillers Garten ein Grabstein mit ihrem Namen steht. Kaltenbach hat ihn mit seinem Smartphone fotografiert und ihr das Bild nach ihrer Rückkehr gezeigt. Sie zuckt bei jedem Geräusch zusammen. Was häufig vorkommt, da das Wohnzimmerfenster bei den sommerlichen Temperaturen weit offen steht. Ein Zug fährt hinter dem Haus vorbei und lässt den Fußboden vibrieren. Sie steht auf und schließt das Fenster. »Bei diesem Lärm kann jemand die Wohnungstür aufschließen, ohne dass wir es hören.«

»Unsinn, sobald die Tür aufgeht, fallen die Konservendosen um, die ich davor gestapelt habe. Das gibt einen Höllenlärm.«

»Du hättest schon das Schloss austauschen können.«

»Bin nicht dazu gekommen, eins zu kaufen, wird morgen erledigt.«

Das Telefon klingelt. Maren nimmt das Gespräch an.

»Hallo Liebling, du denkst sicherlich an Gunnars zweiten Todestag. Sehen wir uns morgen in Verden auf dem Waldfriedhof?«

Maren knallt den Hörer auf die Gabel. »Das war Hiller, er will sich morgen mit mir an Gunnars Grab treffen.«

Montag, 11. Juli

Die Klinke der verzinkten Tür, durch die Maren Petersen und Clemens Kaltenbach den Waldfriedhof betreten, quietscht, als Maren sie herunterdrückt. Nachdem sie die Tür passiert haben, fällt sie von selbst zu und schlägt mit einem metallischen Klacken an den Pfosten.

Kaltenbach schaut sich um. »Den Krach hört man noch im hintersten Winkel des Friedhofs. Prima Warnung für Hiller, falls er auf uns wartet.«

»So früh wird er noch nicht hier sein. Oder meinst du, der wartet hier den ganzen Tag auf mich?«

»Genau das wird er tun.«

Maren packt Kaltenbach am Arm. »Und wenn, dann fang bitte keinen Streit an. Das hätte Gunnar nicht verdient. Ich schäme mich ohnehin schon sehr, so lange nicht mehr an seinem Grab gewesen zu sein.«

Kaltenbach blickt sich schweigend um. Die zum Teil sehr dichte Vegetation im mittleren und hinteren Friedhofsbereich, die vor allem aus Koniferen und Rhododendren besteht, bietet viel Raum für Verstecke. Er stolpert über eine der dicken Baumwurzeln, die quer über die unebenen Wege aus festgetretener Erde und kurz gemähtem Gras laufen, und flucht leise.

Sie nähern sich dem Grab von Gunnar Neuhaus, begleitet vom Knarren der sich im Wind bewegenden Äste. Maren deutet mit ausgestrecktem Arm nach vorn. »Da liegt was.« Vorsichtig, sich nach allen Seiten umschauend, gehen sie weiter. Auf dem Grab finden sie ein Foto. Es ist das Duplikat eines Bildes, das in ihrem Schlafzimmer steht und Maren zwischen Kaltenbach und Neuhaus zeigt. Mit dem Unterschied, dass Kaltenbachs und Marens Gesicht auf diesem Bild mit schwarzen Todeskreuzen beschmiert sind.

Maren stößt Kaltenbach mit dem Ellenbogen an. In etwa hundert Meter Entfernung steht eine vermummte Gestalt. Sie starrt die beiden eine Weile lang an, dann dreht sie sich um und geht davon. Dabei zieht sie ihr linkes Bein ganz leicht nach, so wie es Neuhaus gemacht hat. Kaltenbach entsichert seine Pistole und eilt der Gestalt nach. Sie ist verschwunden. Er schaut hinter Büsche, drückt Äste zur Seite und Zweige herunter, wirft sich sogar auf den Boden, um durch das Unterholz gucken zu können. Keine Spur von der Gestalt, nicht einmal von ihren Füßen, als wäre sie in die Unterwelt abgetaucht. Kopfschüttelnd kommt er zu Maren zurück. Ist das ein Auftritt von Björn Hiller gewesen? Versucht der Stalker, Gunnars Identität zu übernehmen und Maren auf diese Weise für sich zu gewinnen? Eine absurde Vorstellung, aber zu welchen Taten Geisteskranke fähig sind, mag sich Kaltenbach nicht ausmalen.

Dienstag, 12. Juli

Maren Petersen schaut den Kellner verdutzt an. »Das Bier ist nicht für mich.«

»Ein netter Herr hat es für Sie ausgegeben.«

»Und wer ist dieser nette Herr?« Maren blickt sich um. An den Tischen, die das ANDECHSER AM DOM neben der Münchner Frauenkirche aufgestellt hat, ist kein Platz mehr frei. Sie lässt ihre Augen über die Gästeschar gleiten. Geschäftsleute in Anzügen mit gelockerten Krawatten, deutsche, niederländische und schwedische Touristen, die sie anhand ihrer Reiseführer zuordnen kann. Dazu eine Gruppe Asiaten, sie tippt auf Japaner, und drei Bayern in Lederhosen. Niemand prostet ihr zu. Fragend blickt sie den Kellner an.

»Der Herr ist schon gegangen.«

»Und wie hat er ausgesehen?«

Der Kellner zuckt die Schultern. »Gut gekleidet. Hat bestimmt Geld. Sie müssen sich also keine Sorgen machen, dass er Ihretwegen hungert.«

»Tut mir leid, aber vom Doppelbock Dunkel schaffe ich nur ein kleines Glas. Wenn Sie das große an einem anderen Tisch verkaufen, haben Sie ein paar Euro über.«

Maren schlendert um die Frauenkirche herum und hält Ausschau nach einem älteren gut gekleideten Herrn. Warum sollte der Mann ihr ein Bier spendieren und danach einfach verschwinden?

Oder hatte er einfach nur Mitleid mit ihr, weil sie nachdenklich allein zwischen den vielen fröhlichen Menschen gesessen hat? Sie schüttelt den Kopf. Kann sie sich nicht einmal hier, weit weg von ihren Problemen, entspannen? Muss sie immer hinter allem, was geschieht, eine Falle vermuten? Das Bild von Hiller taucht in ihrem Kopf auf. Absurd! Trotzdem wagt sie es nicht, in die schmaleren Straßen der Maxvorstadt einzutauchen, geht stattdessen nach der Feldherrnhalle auf der protzigen Leopoldstraße bis zur Schellingstraße weiter. Sie blickt sich immer wieder um, bis sie in der Amalienstraße vor dem Durchgang zu ihrem Hotel steht. Das Gebäude ist im Innern eines Rechtecks von Häusern erbaut worden und dadurch vom Verkehrslärm abgeschirmt. Erst als sie zügig in Richtung des Hofes schreitet, auf dem sich automatisch die Beleuchtung einschaltet, realisiert sie, dass die Rezeption bereits geschlossen ist. Sie schaut auf ihre Armbanduhr, kurz nach 23 Uhr. Sie hätte etwas früher zurückkehren sollen. Maren atmet einmal tief durch. Sie hat zwar einen Schlüssel für ihr Zimmer und die Hintertür, aber der Weg zu dieser Tür führt über den Innenhof an parkenden Autos vorbei hinab zu einem zweiten kleineren Hof mit weiteren Autos und dann eine kurze Treppe zu einem unverschlossenen Vorraum hinauf, in dem sich die eigentliche Hintertür befindet. Vom oberen Hof aus sieht sie, dass sich unten ebenfalls das Licht einschaltet. Maren bleibt stehen, der Sensor des Bewegungsmelders kann sie noch nicht erfasst haben. Das heißt, eine andere Person ist in den Bereich eines Sensors getreten. Jemand, der dort unten auf sie wartet.

Mittwoch, 13. Juni

Sie schaut auf die Getränkekarte des ALTEN SIMPL in der Türken-straße, die neben dem Eingang hängt. Nachdem sie eine Weile herumgelaufen ist, sehnt sie sich nach einem Sitzplatz. Maren sieht, dass sie in dem traditionsreichen Lokal, das bis drei Uhr geöffnet hat, fast so lange sitzen kann, bis die Sonne mit ihren ersten Strahlen den neuen Tag ankündigt.

Dunkle holzvertäfelte Wände, die mit unzähligen Bildern frühe-rer Wirte und berühmter Gäste sowie mit alten Werbeblechtafeln behangen sind, empfangen Maren in dem gedämpft beleuchteten ALTEN SIMPL. Sie setzt sich an den einzigen freien Tisch, von dem aus sie in die Tiefe des Lokals blicken kann, und bestellt sich ein Helles. Nach dem Abdechser ist es ihr zweites Glas heute Abend, während sie an anderen Tagen einen großen Bogen um dieses Getränk macht.

Am Nebentisch unterhalten sich vier Studenten so lebhaft über die Geschichte des Lokals, dass Maren unwillkürlich mithören muss. Der ALTE SIMPL sei etwa 110 Jahre alt, sein Name die Kurzform des Titels der Satirezeitschrift SIMPLIZISSIMUS, von der ein Titelbild an einer der Wände hänge, klärt einer der Männer seine Begleiter auf. Selbst das Logo des Lokals, die rote zähne-fletschende Bulldogge, stamme von dem Satireblatt. Sie zerreiße aber nicht mehr die Ketten der Zensur, sondern öffne mit ihren Zähnen eine Sektflasche. Hier seien Thomas und Heinrich Mann sowie andere Literaten und Künstler ein- und ausgegangen, zu denen Karl Valentin und Joachim Ringelnatz gezählt haben. Man sage, die Geister der berühmten Gäste schauten noch heute hin und wieder vorbei.

»Hallo Maren.«

Sie dreht sich zu der Stimme um, die ihr leise ins Ohr flüstert. Florian Waldbichler legt ihr eine Hand auf die Schulter. »Ich

28

glaub´s einfach nicht. Diese große Stadt, ich gehe ein Bier trinken und wen treffe ich? München ist doch ein Dorf, das sage ich schon lange. Darf ich mich zu dir setzen?«

Maren lächelt ihn an. »Gern, warum nicht?«

»Hockst du hier etwa schon den ganzen Abend alleine rum?« Er fasst sich mit der Hand an den Kopf. »Peinlich, peinlich, ich hätte dich einladen können, ja einladen müssen. Diesen Fauxpas verzeihe ich mir nie.« Waldbichler lässt sich Maren gegenüber auf einen Stuhl gleiten und deutet auf ihr Glas. »Trink aus, ich bestelle nach.«

»Nein danke, ich vertrage nicht viel.« Sie weiß nicht, wie sie Florian Waldbichler einschätzen soll. Er ist attraktiv mit seinem schmalen Gesicht, mit seiner großen Haartolle in der Stirn und seinen Locken am Hinterkopf, die seinen Hemdkragen überdecken. Durch seine legere Kleidung, die vor allem durch sein leichtes und teures anthrazitfarbenes Sakko betont wird, das farblich mit seinen dunkelbraunen Haaren korrespondiert, versucht er, sich einen jugendlichen Touch zu geben. Der steht allerdings im Widerspruch zu seinem verbrauchten Gesicht und lässt vermuten, dass er das Leben gern in vollen Zügen genießt.

Waldbichler lehnt sich mit gespielter Entrüstung auf seinem Stuhl zurück. »Ach komm schon, ein Bier wirst du doch noch vertragen? Wir müssen schließlich auf den Vertrag anstoßen, den wir morgen unterzeichnen.«

»Bist du dir überhaupt sicher, dass ich die Richtige für euer Team bin?«

Er winkt der Bedienung und bestellt zwei Helle. »Ohne Zweifel. Aber sag mal, warum hängst du hier nach Mitternacht alleine im SIMPL ab, konntest du nicht schlafen?«

Die Kellnerin serviert das Bier. Waldbichler bestellt gleich die nächste Runde. Maren nutzt die Situation, um die Frage zu übergehen. Sie prosten sich zu.

»Maren, wie war dein Tag, wie gefällt dir München?«

Sie zuckt die Schultern. »Viel habe ich noch nicht gesehen, nur die Frauenkirche und die Gegend hier um die Amalien- und die Türkenstraße. Leider bleibt morgen auch kaum Zeit, wenn überhaupt.«

»Das Bier sollte nicht abstehen, dann schmeckt es fade.« Waldbichler hebt sein Glas. Was hältst du von einer Sightseeingtour morgen Vormittag?«

»Da wolltest du mir deine Agentur und deine Mitarbeiter vorstellen, erinnerst du dich?« Maren spürt die Wirkung des Alkohols, merkt, wie sie sich innerlich entspannt. Sie bekommt Lust, sich treiben zu lassen nach ihrer Fastbegegnung mit dem angeblich netten Herrn, der ihr ein Bier spendiert hat, und nach ihrer Angst auf dem Hof des Hotels.

»Träumst du Maren?«

»Entschuldige, Florian, der Alkohol macht mich müde.«

»Kein Problem, zurück zu deiner Frage. Wir können den Vertrag gleich unterschreiben, er liegt bei mir zu Hause. Meinen Laden stelle ich dir vor, wenn du bei uns anfängst.«

»Florian, hast du mir nicht in Bremen erzählt, du seiest verheiratet?«

»Ja, wieso?«

»Ich meine nur.«

»Und du? Du hast mir noch nicht gesagt, warum du unbedingt nach München ziehen möchtest. Ich tippe auf Liebeskummer.«

»Falsch, ich lebe in einer festen Beziehung. Es gibt andere Gründe, die mich aus Bremen vertreiben. Nennen wir sie die bösen Schatten der Vergangenheit.«

Die zweite Runde Bier wird serviert. Schweigend trinken beide einen Schluck. Maren entkrampft sich, befreit sich zusehends von den Dämonen, die sie seit Langem verfolgen.

Waldbichler schaut auf seine Uhr. »Kurz nach halb zwei, ich schlage vor, wir fahren. Sonst wird es zu spät, ich wohne in Gräfelfing. Wenn wir den Vertrag unterschrieben und mit Champagner angestoßen haben, fahre ich dich zu deinem Hotel.«

Maren fragt sich, ob Florians Frau zu Hause ist. Und falls nicht? Sie schiebt den Gedanken beiseite. Warum soll ich das nächste Problem heraufbeschwören? Kann ich nicht einfach mal das Leben genießen, es so nehmen, wie es kommt, ohne alles infrage zu stellen? Ohne an Hiller und andere Plagen zu denken?

Waldbichler bezahlt und steht auf. Draußen legt er seinen rechten Arm um Marens Schulter, wie man es tut, wenn man einem guten Bekannten etwas erklärt, und zeigt mit dem linken auf das von unten angestrahlte Logo des Lokals. »Ich hoffe, du beißt nicht so scharf zu wie die Dogge.«

Maren ist verwundert über die vertrauliche Geste, mag Waldbichlers Arm aber nicht wegschieben. »Wenn es sein muss, kann ich noch härter zubeißen.«

Waldbichler fällt dazu keine Antwort ein. Er deutet über die kreuzende Schellingstraße hinweg auf eine Reihe Autos. »Dort steht mein Wagen. Ich wundere mich noch immer, dass ich hier einen Parkplatz bekommen habe.« Ein Wunder, das darin bestanden hat, einen jungen Mann mithilfe eines Zwanzigeuroscheins dazu zu bewegen, seinen klapperigen Kleinwagen wegzufahren. Aber das behält Waldbichler für sich.

Ein Porsche, Maren hat geahnt, dass er einen teuren Wagen fährt. Und schnell unterwegs ist er auch. Schon nach zwanzig Minuten kommen sie in Gräfelfing an, einem Vorort von München, in dem vor allem Einfamilienhäuser auf Grundstücken stehen, die einen respektablen Abstand zu den ohnehin ruhigen Nebenstraßen halten.

Sie steigt aus dem Auto und reibt sich die Unterarme, auf die sich die Frische der Nacht senkt. Waldbichler legt Maren ihre leichte Sommerjacke über die Schulter. Im Garten schalten sich automatisch Lampen ein, die den Kiesweg zum Haus beleuchten. Der Himmel ist sternenklar. Von einem der Nachbargrundstücke ruft ein Käuzchen. Es klingt wie eine Warnung, aber Maren möchte sich treiben lassen. Waldbichler schließt die Haustür auf und gibt ihr einen Wink, voranzugehen. Auch in der Diele des Hauses schaltet sich das Licht von selbst ein. Maren ist überrascht, dass das Haus, äußerlich im bayerischen Stil gehalten, drinnen modern eingerichtet ist. Waldbichler befreit sie wieder von ihrer Jacke. »Ich hole den Vertrag und köpfe eine Flasche Champagner.« Er öffnet eine Tür. »Hier geht´s ins Wohnzimmer. Mach´s dir bequem.«

Maren nutzt die Zeit, in der sie alleine ist, um sich umzusehen. Eine Wand wird von einem großen Bücherregal beherrscht. Sie betrachtet die Buchrücken und staunt nicht schlecht. Neben Werken von Goethe und Schiller findet sie Wälzer von Kant, Nietzsche und Schopenhauer. Sie glaubt nicht, dass Waldbichler die gelesen hat.

Er öffnet die Wohnzimmertür, indem er die Klinke mit einem Ellenbogen herunterdrückt. In der rechten Hand trägt er eine Champagnerflasche, in der linken zwei Gläser und unter seinem linken Arm klemmt eine Mappe. Er lässt die Mappe auf einem Tisch gleiten, stellt die Gläser ab und lässt den Korken unter die Decke knallen.

»Wird deine Frau nicht wach, wenn wir solchen Lärm machen?«, fragt Maren.

Waldbichler winkt ab. »Die ist heute nicht da.« Er schenkt den Champagner ein und beobachtet dabei die Bläschen, die in den Gläsern nach oben steigen. »Erst mal nur ein Schluck vorweg, nicht dass du hinterher sagst, du hättest den Vertrag unter Alkoholeinfluss unterschrieben. Das wollen wir doch nicht, oder?« Er reicht Maren ein Glas. »Na dann, auf gute Zusammenarbeit.«

Maren hebt ihr Glas. »Auf gute Zusammenarbeit.«

Waldbichler gibt ihr die Mappe. »Lies dir den Vertrag bitte durch. Ich lege inzwischen Musik auf.«

Frank Sinatra singt ›My Way‹, seine elektrisierende Stimme füllt den Raum mit einer romantischen Atmosphäre.

Maren liest den Vertrag, er entspricht dem Entwurf, den ihr Florian in Bremen mitgegeben hat. Ihren Wunsch nach einem höheren Monatsgehalt hat er akzeptiert. Sie setzt ihre Unterschrift neben seine.

Waldbichler tritt leise hinter sie. »Herzlich willkommen in meinem Team, Maren. Dann können wir zum gemütlichen Teil übergehen.« Er deutet eine Verbeugung an. »Darf ich bitten?«

Maren steht auf. »Aber nur einen Tanz, Florian. Ich bin sehr müde.« Sie trinkt einen Schluck, ohne sich noch Gedanken über die Wirkung des Champagners zu machen. Durch ›Strangers In The Night‹ vermittelt ihr Sinatra das Gefühl, sie würde schweben. Alles ist mit einem Mal so leicht.

Kaltenbach fasst mit der Hand zu Marens Bettseite hinüber, berührt aber nur eine kalte dünne Daunendecke. Maren ist für zwei Tage nach München gefahren, weil sie einfach mal hier raus müsse, erinnert er sich an ihre Worte. Er sieht sie wieder mit dem Kofferkuli an der Hand vor sich stehen, wie sie vermieden hat, ihm in die Augen zu blicken. Ein komisches Gefühl ist das gewesen.

Aber was hat mich geweckt? Sind die Konservendosen umgefallen? Kaltenbach ist schlagartig hellwach, wagt nicht, sich zu bewegen. Schließlich schaltet er die Taschenlampe ein, die er neben sein Kopfkissen gelegt hat, und schaut in ein Augenpaar. Er kann gerade noch einen Schrei unterdrücken, sieht, dass ihn eine ausgestopfte Katze anstarrt. Auf der Bettkante sitzend lauscht er in die Dunkelheit. Die Dosen hat er gestern gar nicht aufgestellt, weil er ein Schloss gekauft hat. Das wollte er noch einbauen, bevor er ins Bett gegangen ist, hat es aber vergessen. Seine Anspannung wächst. Läuft im Wohnzimmer leise Musik oder gaukelt ihm sein Gehirn etwas vor? Kein Wunder nach dem ganzen Stress wegen der geplanten Veränderungen im Verlag, wegen Hiller und der Dinge, die aus der Wohnung verschwunden sind.

Er fährt vor Schreck zusammen, als die Musik zu ohrenbetäubender Lautstärke anschwillt. Wer treibt sich in der Wohnung herum? Er greift sich einen Metallkleiderbügel und öffnet vorsichtig die Schlafzimmertür. Im Flur brennt Licht. Er könnte schwören, es ausgemacht zu haben. Die klassische Musik hat er auch nicht aufgelegt. Zuletzt hat er Pink Floyd gehört. Scheiße, denkt er, die SIG Sauer liegt im Wohnzimmer.

Maren Petersen unterdrückt ein Gähnen. Ihr Schädel dröhnt und schlecht ist ihr obendrein. Wie soll sie diesen Tag bloß durchstehen?

»Entschuldigen Sie, darf ich? Es ist mal wieder kein anderer Platz frei.«

Maren braucht einem Moment, um sich zu fangen. »Spionieren Sie mir nach? Zuerst in Bremen an der Schlachte, dann gestern Abend im Andechser und jetzt hier im Hotel?«

»Ich bitte Sie, das ist reiner Zufall. Schon mal was von der Duplizität von Ereignissen gehört? Gestern Nachmittag habe ich Sie übrigens auch gesehen. Sie haben ein Bürogebäude in der Prinzregentenstraße gemustert. Möchten Sie sich beruflich verändern?«

»Also spionieren Sie mir doch nach?«

»Sie haben vielleicht verschrobene Ideen. Gleich behaupten Sie noch, ich arbeite für die NSA.«

»Werden Sie nicht albern. Wer bezahlt Sie? Björn Hiller?«

»Nie gehört, wer soll das sein?« Er macht ein empörtes Gesicht. »Ob Sie es glauben oder nicht, ich möchte mir München ansehen und treffe rein zufällig immer wieder auf Sie. Das muss Ihnen doch nicht unangenehm sein.«

»Sie und zufällig hier, das glauben Sie doch selbst nicht.« Maren winkt ab. »So, jetzt zeigen Sie zur Abwechslung mal Anstand und warten draußen, bis ein anderer Tisch frei wird.«

Der Mann deutet lächelnd eine Verbeugung an. »Gnädigste, ich erlaube mir, Ihnen einen angenehmen Tag zu wünschen. Ach, da wird schon ein Tisch frei.«

Maren wartet, bis der Mann zum Buffet geht, hebt ihr Smartphone, als lese sie eine Nachricht und fotografiert ihn von vorne. Reicht Hillers Arm bis nach München? Aber wie könnte er von ihrer Fahrt wissen? Sie schreibt eine E-Mail, an die sie das Foto anhängt.

Nach dem Frühstück geht sie auf ihr Zimmer und packt ihren Koffer. Ihr Smartphone klingelt, auf dem Display erscheint ihre eigene Festnetznummer. Ihr wird flau im Magen. »Hallo Clemens, alles in Ordnung?«

»Wie man's nimmt. Letzte Nacht war jemand in unserer Wohnung. Mir ist aber nichts passiert und heute Morgen werde ich das Schloss auswechseln. Falls du aus Sicherheitsgründen lieber noch einen Tag in München bleiben möchtest, hätte ich natürlich Verständnis dafür.«

Tolle Sicherheit, denkt Maren. »Nein, ich habe hier genug erlebt und keine Wäsche mehr zum Wechseln. Der Zug, in dem ich einen Sitzplatz reserviert habe, kommt um 23 Uhr 18 in Bremen an.«

»Was ist los Maren, du klingst bedrückt?«

»Nichts, was sollte schon los sein?«

»Sag du es mir. Ist was passiert?«

Maren verlagert ihr Gewicht unruhig von einem Fuß auf den anderen. »Nichts, worüber wir jetzt reden müssten. Ich habe schlecht geschlafen.«

»Maren, ich kenne dich lange genug, um zu merken, dass mit dir was nicht stimmt.«

»Clemens, bitte mach's mir nicht noch schwerer. Heute Abend können wir über alles reden. Eines schon mal vorweg: Ich liebe dich und ich brauche dich mehr als je zuvor.« Sie drückt das Gespräch weg und schaltet ihr Smartphone aus. Was für ein Scheißtag, denkt sie, und er fängt erst an. An ihrer Stimmung kann selbst das strahlende Sommerwetter nichts ändern.

Kaltenbach kontrolliert zum sechsten Mal die Wohnungstür. Sie ist und bleibt abgeschlossen. Also kann niemand drin gewesen sein, denn nur Maren und er haben einen Schlüssel, das hat sie ihm versichert. Andererseits wäre die Musik von Carl Orff, die ihn in der letzten Nacht aus dem Schlaf gerissen hat, geradezu ideal für jemanden, der in eine Wohnung eindringen, die Stereo-anlage einschalten und unbemerkt wieder verschwinden will. CARMINA BURANA hat leise Passagen, die sich schlagartig mit lauten abwechseln. Ein Eindringling könnte also die CD an einer leisen Stelle starten und anschließend die Wohnung in Ruhe ver-lassen. Aber warum sollte er das tun? Und warum sollte er eine ausgestopfte Katze ins Schlafzimmer stellen und dabei Gefahr laufen, entdeckt zu werden? Kaltenbach versucht, sich an Details des gestrigen Abends zu erinnern. Er hat eine Flasche Rotwein getrunken, über seine Situation nachgedacht und anschließend vergessen, das Schloss auszuwechseln. Verliert er langsam die Kontrolle? Er zuckt die Achseln, holt seinen Werkzeugkasten und macht sich daran, das Versäumte nachzuholen.

Jens Wagners Smartphone meldet die Ankunft einer E-Mail, Absender Maren Petersen. Für einen Moment keimt in ihm ein Funke Hoffnung auf, sie wolle sich mit ihm verabreden. Daraus wird wohl nie etwas werden, denkt er. Wenn er Maren sieht, weckt das ein Gefühl in ihm, das er vor sich selbst zu leugnen versucht. Wie konnte Clemens, der im letzten Dreivierteljahr sein Freund geworden ist, an eine Frau wie Maren kommen? Clemens mit seiner hohen Stirn und seiner Tonsur ist in Jens´ Augen das Gegenteil von einem Frauentyp. Sich selbst schätzt er umgekehrt ein. Sein früheres schmales Allerweltsgesicht hat er durch einen Dreitagebart aufgepeppt. Seinen ehemaligen Standardhaarschnitt in eine ausgefranste modische Frisur verwandeln lassen und seinen Bauchansatz wegtrainiert. Nur seine braunen Augen, von denen viele Leute behaupten, sie würden ehrlich blicken, sowie sein Faible für saloppe Kleidung hat er behalten. Sein Problem mit Frauen ist, dass er bei ihnen gut ankommt, aber nach zwei oder drei Nächten genug von der jeweiligen Dame hat. Brigitte Bunk ist ebenfalls sein Typ. Er weiß, dass sie früher mit Clemens liiert war, offensichtlich haben sie beide den gleichen Geschmack, was Frauen betrifft. Aber die Bunk würde er, vom Beruflichen abgesehen, nie ansprechen. Als Chefredakteurin des Bremer Tageskuriers ist sie für ihn absolut tabu, zumal sie ihn in seinem Zweitjob als freier Journalist unterstützt. Clemens hätte bei ihr aber alle Chancen. Das ist nicht zu übersehen, wenn man beobachtet, wie die beiden miteinander umgehen. So ungerecht kann die Welt sein.

Wagner reißt sich zusammen und konzentriert sich auf seine Arbeit. Maren beauftragt ihn als Privatdetektiv, seinem Hauptberuf. Er soll den alten Mann beobachten, dessen Porträt sie ihm geschickt hat, falls dieser in Bremen aus einem der Züge steigt, die ab sechzehn Uhr eintreffen. Außerdem möchte sie wissen, wo der Mann wohnt beziehungsweise mit wem er sich trifft.

Maren Petersen bedankt sich bei dem Zugkellner, der ihr einen Pott Kaffee und ein Stück Himbeertorte serviert. Die Agentur EdelText hat sich großzügig gezeigt und ihr eine Bahnfahrt erster Klasse spendiert. Warum musste alles andere schief laufen? Wie konnte sie so einfältig sein, zu glauben, Florian würde mit ihr extra nach Gräfelfing fahren, nur damit der Vertrag ein paar Stunden früher unterschrieben wird. Nun ja, für den Rückweg musste sie ein Taxi nehmen. Die Kosten wird sie zusammen mit den Aufwendungen für das Hotel und die Bahnfahrt abrechnen. Sie schaut auf die Geschwindigkeitsangabe, die auf einem Display über dem Gang des Wagens erscheint. 250 Kilometer in der Stunde. Sie rast einem Gespräch mit Clemens entgegen, vor dem ihr so sehr graut.

Wagner kaut auf den Gummibären herum, die er sich auf dem Bahnsteig aus einem Automaten gezogen hat. In fünf Minuten läuft der nächste Zug ein, in dem der Alte sitzen könnte. Er stellt sich zwischen die beiden Treppen des Bahnsteigs, die aus der Bahnhofshalle herauf und wieder hinab führen. Der ICE aus München läuft ein. Wagner schüttelt sich, ihn nervt der Wind, der durch den Bremer Hauptbahnhof zieht. Er mag nicht glauben, dass er den Typen findet. Woher sollte Maren wissen, wann und in welchem Zug der alte Sack zurückfährt. Zu seiner Überraschung entdeckt er ihn aber gleich unter der Masse der aussteigenden Fahrgäste. Wagner geht ihm nach. Da sich der Alte ein Taxi nimmt, wirft sich Wagner auf den Beifahrersitz der nächsten Taxe. »Bitte folgen sie dem anderen Wagen.«

Der Fahrer ist, der Visitenkarte am Armaturenbrett nach zu urteilen, die ihn als Mehmet Dogan ausweist, Türke. Er hat schwarze, sehr kurz geschnittene Haare und trägt ein eng anliegendes dunkelgrünes T-Shirt und eine blaue Jeans. Dogan sieht Wagner vorwurfsvoll an. »Ich nicht möchte meine Lizenz verlieren. Warum ich sollen anderes Taxi verfolgen, Mehmet dich fragen?«

»Okay Mehmet, Jens dir antworten, dich das nichts angehen. Du können verstehen?«

»Du von Polizei, Alter? Andernfalls du anstiften zu krimineller Handlung.«

Wagner ringt seine Hände. »Mehmet, bitte, du nicht mehr tun müssen, als einfach fahren hinterher. Wenn wir finden heraus, wo Taxi fährt hin und mit wem sich trifft Fahrgast, ich dich lade ein zu Glas Wein.«

»Tut mir leid, ich Moslem. Deshalb ich nicht trinken Alkohol, nur Raki. Du also nicht von Polizei?«

Wagner zückt seinen Ausweis. »Ich Privatdetektiv Jens Wagner.«

»Okay, das nicht ganz so schlimm, aber warum du sprechen so schlecht deutsch?«

»Du sprichst doch selbst kein besseres Deutsch.«

»Ich das bloß für Touristen machen. Geben dann mehr Trinkgeld aus Mitleid.« Mehmet grinst Wagner an. »Also, was kann ich für dich tun, Jens? Wir sind ein Team, diese Geschichte lasse ich mir nicht entgehen.«

Wagner schließt die Augen. »Fahr einfach hinterher, ohne das andere Taxi zu verlieren.«

In Weyhe-Dreye überquert das Taxi die Landesgrenze zu Niedersachsen Richtung Hoya. In Schwarme biegt es rechts ab und folgt dem Hinweisschild nach Bruchhausen-Vilsen.

Mehmet lässt seinen Wagen etwas zurückfallen. »Hoffentlich gibt der Kollege da vorn seinem Fahrgast keinen Tipp, dass wir ihnen folgen. Dem Fahrer müsste das inzwischen merkwürdig vorkommen.«

Die Fahrt geht durch Bruchhausen über den Kreisverkehr, in dessen Mitte eine Dampflokomotive der Museumseisenbahn thront, und dann durch Vilsen Richtung Homfeld.

»Das Taxi biegt in die Sackgasse zum Kurpark ab. Was machen wir nun«, fragt Mehmet.

Wagner sieht den anderen Wagen bis zum Ende der Straße durchfahren. »Bieg hier links auf den großen Parkplatz ein und fahr ganz nach vorn bis zu dem Haus. Dort kann ich ungesehen aussteigen und den Mann zu Fuß verfolgen.« Am Ziel angekommen, öffnet Wagner die Tür. »Warte hier, Mehmet, anschließend kannst du mich zurückfahren.«

»Nix da, erst bezahlen oder ich komme mit.«

Wagner geht los. »Keine Zeit zum Bezahlen.« Er läuft gebückt an dem Grundstück vorbei. Nebenbei nimmt er das andere Taxi wahr, das ohne Fahrgast zurückkommt. Vorsichtig schaut er um eine Hecke. Der alte Mann steht im Kurpark vor dem Musikpavillon und unterhält sich mit einer Person, die einen Kapuzenpulli trägt. Das Gesicht der Person kann er nicht sehen, nur ein Stück ungepflegten Bartes, das aus der Kapuze herausragt. Wagner dreht sich um und stößt mit Mehmet zusammen, der direkt hinter ihm steht. »Da bist du ja«, flüstert er, »was muss ich zahlen?«

»Siebzig Euro plus fünf Euro Trinkgeld.«

»Ich brauche aber eine Quittung.«

»Die habe ich im Auto. Guck, der eine Typ ist verschwunden.«

Wagner sucht den Kurpark mit seinen Augen ab. Kein zweiter Mann zu sehen. Der Alte steht allein vor dem Pavillon. »Scheiße Mann, das haben wir komplett verbockt.«

»Wir? Ihr sprecht wie ein König. Was wollt Ihr mir damit sagen?«

»Nerv mich nicht, Mehmet.« Jens Wagner öffnet sein Portemonnaie. »Hier hast du fünfundsiebzig Euro.«

»Ich kann Euch hier keine Quittung geben, Jens.«

»Dann steck die Kohle ohne Quittung ein.«

»Nehmt mich besser mit, Ihr habt doch die eine Sache schon verbockt, wie Ihr selbst sagt. Lasst Euch von mir helfen.«

Wagner schiebt Mehmet hinter einen Busch. »Der Alte geht Richtung Vilsen. Wir gehen ihm nach.«

»Wie es Euch gefällt.«

Jens Wagner hat keine Lust, sich durch Mehmets Gequatsche aufhalten zu lassen. Der Alte ist schon am Schwimmbad vorbei und geht über das Gleis der Museumseisenbahn. Wagner folgt ihm, Mehmet im Schlepptau. Sollte sich der Alte umdrehen, wird er sich nichts dabei denken, dass zwei Männer denselben Weg nehmen.

»Warum geht er denn auf den Friedhof«, fragt Mehmet, »da liegt er doch noch lange genug?«

»Vielleicht möchte er ein Grab besuchen oder der Weg über den Friedhof ist eine Abkürzung. Wie dem auch sei: Entweder bist du ruhig oder du setzt dich wieder in dein Taxi.«

»Er ist stehen geblieben. Wahrscheinlich liegt dort jemand, den er kennt.«

»Nein, er hat uns entdeckt und kommt zurück. Wir sollten weiter in seine Richtung gehen, das sieht weniger verdächtig aus.«

Der Alte bleibt zehn Meter vor Wagner und Mehmet stehen. »Warum verfolgen Sie mich?«

»Wie kommen Sie denn darauf?«, fragt Wagner mit einem unschuldigen Gesichtsausdruck.

»Schlechtes Gewissen«, antwortet Mehmet anstelle des Alten.

Der Mann tritt auf die beiden zu. »Wenn Sie mich nicht verfolgen, gehen Sie sicherlich in der von Ihnen eingeschlagenen Richtung weiter. Dann bitte ich um Entschuldigung und wünsche Ihnen noch einen schönen Tag.«

»Das wünschen wir Ihnen auch.« Wagner gibt Mehmet einen Wink, ihm zu folgen. Angriff ist die beste Verteidigung, denkt er respektvoll über den Alten.

Sehnsucht hat er ja nach mir. Maren nimmt Kaltenbach flüchtig auf dem Bahnsteig wahr, als der Zug im Bremer Hauptbahnhof an ihm vorbeifährt. Sie steigt aus, sieht dass er sich in ihre Richtung dreht und hebt einen Arm. Die Gefühle in seinem Gesicht wechseln spontan, aus einem sorgenvollen Blick wird ein ehrliches Lächeln. Heute hat er sich sogar mal bei seinen Klamotten Mühe gegeben, denkt sie. In seiner sommerlichen dunkelblauen Leinenhose, seinem hellen Hemd in Rot- und Blautönen und seinem lässigen hellbeigen Baumwollsakko sieht er richtig fesch aus. Ganz anders als sonst in letzter Zeit. Da nimmt er es in der Freizeit mit seiner Kleidung nicht mehr so genau. Oft muss sie ihm sagen, er möge sich doch umziehen, wenn sie zusammen ausgehen wollen.

Als er sie küssen will, dreht sie ihren Kopf weg. »Sei mir nicht böse, Clemens, ich habe Kopfschmerzen.«

Er umarmt sie. »Dann lass dich wenigstens drücken.«

»Was ist los, so lange war ich doch gar nicht weg?«

Er nimmt ihr den Kofferkuli ab. »Mir kommt es vor, als wären es Monate gewesen. Das ist eben echte Liebe.«

Sie lacht, auch weil sie sich freut, dass er nicht gesehen hat, dass sie aus einem Erste-Klasse-Wagen gestiegen ist. »Jetzt übertreibst du aber. Wo hast du geparkt?«

»Jens hat mich gefahren. Er wartet im Auto, weil er unbedingt mit dir reden möchte. Falls du nach der langen Zugfahrt zu kaputt bist, vertröste ich ihn auf morgen.«

»Ich hänge zwar ziemlich durch, aber wir können Jens doch nicht einfach wegschicken. Schließlich ist er nicht nur unser Detektiv, sondern auch dein Freund.«

»Nicht, dass du hinterher zu müde bist?«

Sie gibt ihm einen Klaps auf den Arm. »Wie schon gesagt, ich habe Kopfschmerzen.«

Maren Petersen schaut auf die Uhr. Fast Mitternacht. Seit gestern Morgen hat sie drei Stunden geschlafen. Sie nippt an ihrem doppelten Espresso, den Clemens ihr und Jens serviert hat. »So Jens, dann schieß mal los.«

»Die Sache ist mir hochpeinlich.« Wagner schildert die Verfolgung des Alten in allen Einzelheiten. »Wir haben den Mann ja nicht verloren. Er war so abgezockt, uns anzusprechen und zu behaupten, wir würden ihn verfolgen. Da war das Spiel aus. Wären wir weiter an ihm drangeblieben, hätte er uns garantiert nicht dorthin geführt, wo wir mehr über ihn hätten erfahren oder seinen Auftraggeber hätten kennenlernen können.«

Kaltenbach setzt sich mit einem Glas Mineralwasser in der Hand zu ihnen. »Hat dieser Mehmet dich nicht gestört? Du hättest ihn wegschicken sollen.«

»Gestört hat er nicht, nur genervt. Ihn wegzuschicken hätte zu viel Zeit gekostet und mich abgelenkt.« Wagner wendet sich Maren zu. »Ich schreibe keine Rechnung.«

Sie trinkt den letzten Schluck ihres Espressos. »Natürlich kriegst du dein Geld. Die Bezahlung ist schließlich nicht erfolgsabhängig. Auch die Taxifahrten nach Bruchhausen-Vilsen und zurück berechnest du.«

»Zurück war kostenlos. Mehmet wollte dafür kein Geld.« Wagner steht auf. »Ihr möchtet bestimmt alleine sein. Noch mal danke für den Auftrag, beim nächsten läuft es wieder erfolgreicher.«

Maren bringt Wagner zur Tür. »Interessant ist immerhin der Mann mit dem Kapuzenpulli, mit dem sich der Alte getroffen hat. Hier auf der Straße steht nämlich auch hin und wieder jemand, der dieses Kleidungsstück bevorzugt. Und wenn du gesehen hast, dass die Person einen Bart trägt, kann es nicht Hiller sein.« Sie lächelt Wagner an. »Danke, dass du Zeit für mich gehabt hast, Jens.«

Wagner nickt, froh darüber, so gut aus der Geschichte herausgekommen zu sein.

Maren kehrt ins Wohnzimmer zurück und blickt in Kaltenbachs gespanntes Gesicht. »Warum hast du eigentlich Jens mit der Sache beauftragt? Du hättest doch auch mich anrufen können.«

»Musstest du nicht arbeiten? Außerdem habe ich Jens eine Mail geschickt und ihn beauftragt, ohne ihm lange Erklärungen geben zu müssen.«

Kaltenbach gießt sich einen Whisky ein. »Versuch nicht, mich zu verscheißern, Maren. Glaubst du, ich merke nicht, dass du irgendwas hinter meinem Rücken treibst?«

Maren Petersen spürt, wie ihre Anspannung alle Müdigkeit wegbläst. »Auf dem Bahnhof warst du charmanter zu mir.«

»Ich habe mich ehrlich gefreut, dich wiederzusehen, aber ich habe auch eine undefinierbare Unruhe gespürt, als ich dich zum Bahnhof gebracht habe. Vor meinem geistigen Auge sehe ich dich seitdem immer wieder mit dem Kofferkuli an der Hand vor mir stehen, und wie du vermieden hast, mir in die Augen zu schauen. Ein komisches Gefühl ist das gewesen. Selbst in der Nacht, in der ich alleine war, musste ich daran denken. Ich konnte lange nicht wieder einschlafen.«

Marens Stimme klingt belegt. »Du hast ja recht, ich habe dir viel zu erzählen. Genau gesagt, habe ich echt Scheiße gebaut.«

»Dann schlage ich vor, du fängst mal an.«

Sie muss sich dreimal räuspern, bevor sie ein Wort herausbringt. »Irgendwie hat das, was ich dir erzählen werde, eine Eigendynamik entwickelt. Damit habe ich nicht gerechnet und das soll auch keine Entschuldigung für mein Verhalten sein.« Sie räuspert sich wieder. »Ich habe beschlossen, aus Bremen wegzugehen, weil ich sonst ein Fall für die Klapsmühle werde. Hier komme ich nie mehr zur Ruhe. Hillers Gerede über Gunnar hat mir mehr zugesetzt, als du dir vorstellen kannst. Überall in der Stadt erinnert mich etwas an Gunnar. Deshalb brauche ich einen Neuanfang, ohne diese Stadt, ohne diese Wohnung, ohne die Möbel hier und ohne meine Klamotten, die ich schon zu Gunnars Zeiten getragen habe. Nur dich brauche ich noch. Unbedingt. Deshalb bin ich wegen deines Alkoholkonsums so traurig gewesen. Versprich mir, dass du mitkommst, Clemens, egal, welche Scheiße ich gebaut habe.«

Kaltenbach versucht, Augenkontakt zu Maren herzustellen, doch sie hat ihren Kopf gesenkt, sodass ihre Haare vor ihrem Gesicht hängen wie ein dichter Vorhang. »Lass mich raten: Das hat was mit deiner Fahrt nach München zu tun?«

Maren nickt. »Ich habe in einer Fachzeitschrift eine Anzeige mit einem Stellengesuch als Werbetexterin geschaltet. Dass sich eine Agentur aus München gemeldet hat, ist Zufall. Es wird aber ohnehin nichts aus dem Job.«

»Warum will man dich nicht?«

Maren wird rot. »Das Schlimmste kommt erst noch: Ich war mit einem anderen Mann im Bett. Ich weiß, dass ich dich damit sehr verletze, es tut mir unglaublich leid.«

Kaltenbach antwortet nicht.

Maren hält mit Mühe ihre Tränen zurück. »Bitte sag was, Clemens.«

»Wir sind seit zwei Jahren wieder ein Paar. Kaum bist du zum ersten Mal alleine unterwegs, schon nutzt du die Gelegenheit, um mit einem anderen Mann zu vögeln. Wenn du von Vertrauen sprichst, bedeutet das also, ich kann darauf vertrauen, dass du jedes Mal fremdgehst? Wo hast du den Typen aufgegriffen?«

»Sei bitte nicht so zynisch, Clemens. Er heißt Florian Waldbichler und ist Inhaber der Agentur, bei der ich mich beworben habe.« Sie zögert kurz, bevor sie weiterspricht. »Ja, ich war mit ihm in Bett, aber ich habe nicht mit ihm gevögelt. Er hat ihn nicht hoch gekriegt, hatte wohl selbst zu viel getrunken.«

Kaltenbach schüttelt den Kopf. »Du hättest ihn aber rangelassen, wenn er gekonnt hätte?«

Maren spürt die Kälte, die von ihm ausgeht und sie zu erdrücken droht, und versucht, das Gespräch in Gang zu halten. »Ich war schlecht drauf, der Alte, den Jens observiert hat, hat mich verfolgt und ist mir auf den Nerv gegangen. Ich hatte sogar Angst, ins Hotel zurückzugehen, weil ich gespürt habe, dass da jemand auf mich wartet. Deshalb habe ich in einer Kneipe Bier getrunken. Dort ist Florian erschienen, den ich schon aus dem ersten Bewerbungsgespräch in Bremen gekannt habe. Er hat mich zu sich nach Hause gelockt, zur Vertragsunterzeichnung, wie er gesagt hat. Rückblickend denke ich, er hat schon im Hof des Hotels auf mich gewartet. Außerdem hat er mir immer wieder zugeprostet, um mich betrunken und willenlos zu machen. Es ist ihm gelungen, weil plötzlich alles so leicht war.« Maren blickt Kaltenbach fest in die Augen. »Wir haben bei ihm zu Hause getanzt. Dann hat er mich geküsst und ausgezogen. Der Alkohol hatte seine Aufgabe perfekt erfüllt. Nicht schon wieder Probleme, habe ich gedacht, einfach treiben lassen. Florian hat mich in sein Bett getragen. Den Rest kennst du.«

»Erzählst du mir das, weil sowieso alles rauskommt, weil dir der alte Mann nachspioniert und Hiller berichtet hat und weil Hiller mir das alles bald unter die Nase reiben wird?«

»Ich kann dein Misstrauen verstehen, es kann auch sein, dass der Alte mich bis zum ALTEN SIMPL, so heißt das Lokal, verfolgt und beobachtet hat, wie ich mit Florian weggegangen bin. Aber er kann verdammt noch mal nicht wissen, wo wir hingefahren sind und was im Haus von Florian abgelaufen ist. Ich hätte dir also auch sagen können, dass wir den Vertrag unterschrieben haben und sonst nichts passiert ist. Ich hab´s dir aber erzählt, weil ich mit solch einem Geheimnis nicht leben kann. Das ist in meinen Augen Vertrauen.«

Kaltenbach verschränkt seine Arme vor der Brust, als wolle er dadurch mehr Distanz zu Maren schaffen. »Ich hätte nie erwartet, dass du mich einmal so enttäuschen würdest, Maren. Abgesehen von deiner erotischen Eskapade, empfinde ich es als Frechheit, einen Umzug in eine Stadt in Erwägung zu ziehen, die fast nicht weiter entfernt sein könnte, ohne mit mir auch nur ein Wort darüber zu wechseln. Ich habe in dir immer mehr gesehen, als eine Beziehung, für mich warst du meine Frau, auch wenn wir nicht verheiratet sind.«

Sie steht auf und geht zu Kaltenbach, der auf dem Dreiersofa sitzt, stoppt aber angesichts seiner abwehrenden Handbewegung. »Du sprichst in der Vergangenheitsform, als hättest du dich bereits innerlich von mir verabschiedet.« Sie sucht erneut Blickkontakt, aber er wendet sein Gesicht ab. »Bitte Clemens, ich kann es doch nicht ungeschehen machen. Schrei mich an, beschimpf mich als letzten Dreck oder schlag mich, wenn du willst.« Sie hockt sich vor ihm auf den Fußboden. »Ich kann nicht verlangen, dass du mir verzeihst, schon gar nicht sofort. Ich kann dich bloß darum bitten. Gib mir ein Zeichen, dass du darüber nachdenkst. Ich liebe dich und ich brauche dich mehr als je zuvor, Clemens, das habe ich dir schon am Telefon gesagt.«

Kaltenbach erhebt sich vom Sofa. »Ich muss hier raus. Mir ist, als schöben sich die Wände zusammen, als wollten sie mich zerquetschen. Ich brauche frische Luft, sonst ersticke ich.«

Maren springt auf und stellt sich ihm in den Weg. »Lass mich nicht alleine, nicht jetzt.«

Kaltenbach will sie zur Seite schieben und ist erstaunt über die Kraft, die sie ihm entgegensetzt. Sie schafft es sogar, ihn gegen seinen Willen zu umarmen. Er schiebt ihre schwarzen Locken zur Seite und küsst sie kurz auf den Hals. »Bitte lass mich gehen, Maren, wenn du Antworten von mir haben möchtest, musst du mir auch Zeit zum Nachdenken geben. Ich komme in zwei Stunden zurück. Versprochen.«

Donnerstag, 14. Juni

Ein Blick auf seine Armbanduhr zeigt Kaltenbach, dass er schon über eineinhalb Stunden unterwegs ist. Endlich gelingt es ihm, seine Gedanken in ruhigere Bahnen zu lenken. Hat seine Beziehung zu Maren noch eine Chance? Kann er ihr noch trauen? Warum musste es mit ihr soweit kommen? Trägt er daran eine Mitschuld?

Seit zwei Jahren ist Maren der Mittelpunkt seines Lebens. Allerdings hat sie sich in dieser Zeit verändert. Früher ist sie immer fröhlich gewesen, hat viel gelacht. Zudem ist Maren offen und direkt gewesen. Eigenschaften, die Kaltenbach als positiv empfunden hat, auch wenn sie manchmal verletzend waren. Und er konnte sich auf sie verlassen, wenn es darauf ankam. Ihren Willen, in jeder Situation dominieren zu wollen, hat sie dagegen behalten, wenn auch in stark abgeschwächter Form.

Aber ohne sie hätte er nach den Morden an Gunnar und Franziska sowie nach seinem zwischenzeitlichen beruflichen Niedergang keinen Halt gefunden. Maren hat ihm Geborgenheit und finanzielle Sicherheit gegeben. Und er selbst? Ist er immer für sie da gewesen, wenn sie ihn gebraucht hat? Als sie ihre schweren Albträume hatte wegen Gunnars Tod? Als Hiller sie bedrängt hat? Hat er sie nicht sogar in Gefahr gebracht durch seinen damaligen Beruf als Polizeireporter? Sollte er nicht manchmal mehr auf sie hören, beispielsweise vor der Aktion im Sellingsloh?

Kaltenbach schaut über das Geländer der Wilhelm-Kaisen-Brücke in die Weser, die kaum vom Licht der Straßenlampen erreicht wird. Er gesteht sich ein, nicht immer ein einfacher Partner zu sein, mehr auf Maren eingehen zu müssen. Sie sagt, sie brauche ihn. Und er, braucht er sie nicht auch? Oder will er für immer, wie heute Nacht, als einsamer Wolf durch die Stadt streichen? Er hat sich, wie er zugeben muss, nie Gedanken darüber gemacht, muss aber erkennen, dass auch er Maren braucht, dass sie auch für ihn ein fester Punkt in seinem Leben geworden ist. Ein Halt, der ihm unvergleichbar viel mehr bedeutet als seine Arbeit, obwohl die ihm ebenfalls sehr wichtig ist. Und auch wesentlich mehr als sein Freundeskreis, der sich sowieso auf die Sandmans, Jens Wagner und Brigitte Bunk beschränkt.

Trotzdem, oder gerade deswegen, hat ihm Marens Verhalten einen Stich gegeben, hat ihn schockiert, weil er sich ihrer völlig sicher gewesen ist. Diesem Waldi könnte er den Hals umdrehen. Er hasst Typen, die versuchen, Frauen durch Alkohol gefügig zu machen.

Wie sieht Waldi überhaupt aus? Kaltenbach stützt sich mit beiden Ellenbogen auf das Brückengeländer, öffnet Google auf seinem Smartphone und gibt WALDBICHLER, FLORIAN in das Suchfenster ein. Es erscheinen Fotos zum Auswählen. Er klickt eines an. Florian Waldbichler, Inhaber der PR-Agentur EdelText. Ein attraktiver Mann, muss Kaltenbach zugeben. Gleichzeitig kotzt ihn der Typ an. Im trüben Licht der Straßenbeleuchtung hebt sich Waldbichlers beleuchtetes Porträt deutlich von der dunklen Weser ab, als schwebe Waldi über allem. »Geh schwimmen«, sagt Kaltenbach laut und lässt das Smartphone los, kurz bevor es läutet. Er schaut hinterher, wie es – sich mit einem historischen Klingelton verabschiedend – in die Weser eintaucht. Würde doch so auch Waldi, mit einem Angstschrei auf den Lippen, für immer in den Fluten versinken.

In der Wohnung ist es ruhig. Maren hat das Licht im Flur brennen lassen und ist schlafen gegangen. Kaltenbach ist froh darüber, denn er hat keine Lust, noch lange mit ihr zu diskutieren. Im Bett schmiegt sie sich an ihn. Ihre Haut auf seiner, das fühlt sich vertraut an und tut ihm gut. Dennoch kann er seine Anspannung nicht ablegen, seinen Frust nicht verdrängen. Waldi hat kein Recht darauf, Marens Haut auf seiner zu spüren, hat sich die Freiheit aber trotzdem genommen. Um fünf Uhr ist Kaltenbach immer noch wach. Er überlegt, sich ein Glas Rotwein einzuschenken, sieht aber davon ab.

Kaltenbach kommt mit einem ausgedruckten DIN A4-Blatt in die Küche. Eine Mail aus einem Bremer Internetcafé. ›HALLO CLEMENS, MIR IST ZU OHREN GEKOMMEN, MAREN HABE SICH MIT EINEM GUT AUSSEHENDEN MANN IN MÜNCHEN HERUMGETRIEBEN UND SEI ZU SPÄTER STUNDE IN SEINEN PORSCHE GESTIEGEN. ZUM BEWEIS HABE ICH EIN FOTO ANGEFÜGT. DENK MAL ÜBER DEINE BEZIEHUNG NACH. GRUß GUNNAR.‹
Maren hängt sich mit beiden Händen an Kaltenbachs rechte Schulter und schaut auf das Papier. »Das Bild ist gemacht worden, als wir den ALTEN SIMPL verlassen haben. Da kann ich ja froh sein, dir schon alles gebeichtet zu haben.«

»Besser war´s schon. Ich frage mich allerdings auch, wie Hiller oder wer auch immer von deiner Reise gewusst haben könnte? Der Alte kann dich doch nicht ständig verfolgt haben?«

»Keine Ahnung, aber eine andere Möglichkeit fällt mir nicht ein.« Maren sieht ihn fragend an. »Hast du über uns nachgedacht?«

Kaltenbach riecht Chanel No. 5, das Maren dezent aufgetragen hat. Am liebsten würde er sie küssen, verkneift es sich aber. »Ich habe auch Fehler gemacht. Nicht, dass ich was mit anderen Frauen hatte, aber ich hätte mich dir gegenüber hin und wieder anders verhalten sollen. Wir hätten auch früher intensiver miteinander reden sollen, dann wäre es nicht so weit gekommen. Es gibt auch jetzt noch Redebedarf. Ich denke aber, unsere Beziehung hat eine zweite Chance verdient. Es ist für uns beide im Moment alles zu viel.«

»Heißt das, du verzeihst mir?«

»Verzeihen? Dann würde ich im Nachhinein absegnen, was du getan hast. Ich kann mich bestenfalls damit abfinden. Du hast meine Gefühle mit Füßen getreten, Maren, erwarte also keine Absolution.« Kaltenbach blickt sich in der Küche um. »Mach es nie wieder. Ich könnte sonst erstmals davon profitieren, dass hier in der Wohnung alles dir gehört. Meine Klamotten passen in zwei große Koffer, da könnte ich sogar noch meine CDs und Bücher draufpacken. Mit meinem Laptop unterm Arm und den Koffern in den Händen würde ein Gang zum Auto ausreichen und ich wäre weg.« Er gießt sich eine Tasse Kaffee ein und schmiert sich ein Marmeladenbrot. »Ich hänge zu sehr an dir, um dich Hals über Kopf zu verlassen. In der letzten Nacht war es so ein tolles Gefühl, deine Haut auf meiner zu spüren. Und ich hoffe, dass sich auch die enge Vertrautheit zwischen uns wieder einstellt, die du durch deine Aktion ruiniert hast.«

Maren schiebt ihren Teller beiseite. »Ich kann heute Morgen nichts essen. So etwas wie mit Florian wird mir nie wieder passieren. Ich habe daraus gelernt, dass ich durch solch eine erotische Eskapade, wie du es nennst, dein und mein Leben zerstören kann.« Sie sieht ihn an. »Außerdem wollte ich gar keinen Sex, mir war nur alles egal, aber das habe ich bereits gesagt.«

»Es geht nicht bloß um dein Treiben mit Waldi, sondern auch um deine heimliche Bewerbung. Dass du dich mit Waldi in Bremen getroffen hast, ohne mir etwas davon zu sagen, ist schon schlimm genug, aber dann nach München zu fahren, angeblich um dich zu erholen, war das Letzte. Ist dir überhaupt klar, was du getan hast? Du hast mir glatt ins Gesicht gelogen.«

»Ich habe doch schon alles zugegeben, was soll ich denn noch tun? Ich kann nur versichern, dass auch das nicht wieder vorkommen wird. Ich konnte nicht anders. Sieh es als Hilfeschrei von mir. Ein Schrei nach Freiheit! Nicht nach Freiheit von dir, sondern von Hiller. Ich wollte nur noch raus aus der ganzen beschissenen Situation, wusste nicht einmal mehr, was ich von dir halten sollte.« Sie steht auf und stellt das Radio an. Es läuft SAILING von Rod Steward. »Bitte tanze mit mir, Clemens, auch wenn mein Wunsch verrückt klingt. Ich habe zuletzt mit Florian getanzt. Diese Erinnerung möchte ich unbedingt auslöschen.«

Kaltenbach tut ihr den Gefallen. Maren drückt sich an ihn. »Ich bin froh, dass er nicht konnte. Was passiert ist, ist so schon schlimm genug. Jetzt will ich aber einen Kuss.« Da Kaltenbach ihr nur seine geschlossenen Lippen hinhält, leckt sie drüber, bis er sie öffnet. Sie schiebt ihre Zunge weit hinein, presst ihre Lippen auf seine, bis es schmerzt. Schließlich gibt sie ihn frei. »Als du in der letzten Nacht dein Smartphone bei meinem Anruf ausgeschaltet hast, habe ich gedacht, du kämst nie wieder.«

»Ich habe es nicht ausgestellt, sondern losgelassen. Es war auf dem Weg in die Weser.« Er zuckt die Schultern. »Ich hatte ein Bild von Waldi auf dem Display und konnte seine Fresse nicht mehr sehen. Da habe ich meine Hand geöffnet und er ist ersoffen.

Gern würde ich das im wirklichen Leben wiederholen, dann würde er auch noch schreien.«

Maren lacht. »Das muss für dich wie ein Befreiungsschlag gewesen sein. Aber sag mal, müsstest du nicht längst in der Redaktion sein?«

»Ich feiere heute Vormittag Überstunden ab.«

»Dann darfst du mich noch besamen, so viel Zeit muss sein.«

»Vergiss es Maren, dabei müsste ich an Waldi denken.«

»Was fällt ihnen ein, Sie können hier doch nicht einfach reinstürmen.« Die Stimme von Birte Otto, der Sekretärin von Björn Hiller überschlägt sich. Unwillig verzieht sie den grellrot geschminkten Mund unter ihrem schwarzen, strengen Pagenschnitt und eilt hinter Maren Petersen her. »Warten Sie gefälligst.«

Maren lässt sich nicht bremsen. Sie reißt die Tür zu Hillers Büro auf.

Birte Otto hat Maren eingeholt und schaut an ihr vorbei auf Hiller, dessen linke Hand mit dem Telefonhörer über dem Schreibtisch schwebt. »Tut mir leid, Herr Hiller, sie ist an mir vorbeigestürmt.«

Hiller winkt ab. »Schon gut, Frau Otto. Ich rufe Sie, wenn ich Verstärkung brauche.«

»Dann bleiben Sie am besten gleich hier«, sagt Maren. Doch Birte Otto zieht es vor, zu verschwinden. Maren wendet sich Hiller zu. »Was bildest du dir eigentlich ein. Reicht es dir nicht mehr, wie ein Geisteskranker immer wieder zu meinem Fenster hoch zu glotzen und mir Briefe zu schreiben, in denen du deinen Schwachsinn offenbarst? Musst du auch noch Clemens und seiner Chefin nachspionieren und mir die Fotos mailen?« Ihre Stimme überschlägt sich vor Wut. »Der Gipfel ist, dass du nun auch noch andere Leute engagierst, um mir nachzustellen.« Mit einer Handbewegung wischt sie einen Stapel Papiere von Hillers Schreibtisch und knallt das Foto von dem vornehmen älteren Herrn auf den Tisch. »Wer ist das? Gib zu, dass du ihn beauftragt hast und dann verpiss dich endlich aus meinem Leben.«

Hiller kniet sich auf den Boden und sammelt die Akten wieder auf, als wäre dies eine Tätigkeit, der er jeden Tag nachgeht. »Maren, mein Schatz, daran, dass ich dir Briefe schreibe und mich an deinem Anblick erfreuen möchte, siehst du doch, wie sehr ich an dir hänge. Kaltenbach würde ich dagegen gar nicht verfolgen können, weil ich mich bei seinem Anblick ekle. Abgesehen davon habe ich dir nie etwas gemailt. Das habe ich Kaltenbach bereits gesagt.« Er lächelt Maren an. »Den Mann auf dem Foto habe ich noch nie gesehen.« Er kommt einen Schritt näher. »Ich werde dich nie aufgeben. Du hast Gunnars Liebe verraten und bist jetzt dabei, meine Liebe zu verraten. Das lasse ich niemals zu, eher sterben wir alle.«

Maren blickt Kaltenbach lange in die Augen, ohne etwas zu sagen. Er hält ihrem Blick problemlos stand. »Würdest du mit mir gehen, ohne Wenn und Aber?«

»Mit dir gehen vielleicht, aber wir reden über unser beider Zukunft, nicht nur über deine. Deshalb bin ich der Meinung, wir sollten hier im Nordwesten bleiben oder meinetwegen bis Hamburg rüber. Dann könnte ich weiterhin für den Bremer Tageskurier arbeiten und abends nach Hause kommen. Brigitte hat mir heute die Leitung des Feuilletons angeboten. Das ist ein steiler Aufstieg nach meinem Rausschmiss vor zwei Jahren, den ich nicht gleich wieder verspielen möchte.«

Maren fixiert ihn noch immer, als wolle sie ihn mit ihren braunen Augen aufsaugen. »Das freut mich für dich, Clemens, herzlichen Glückwunsch! Aber kämst du jeden Abend nach Hause, um mich zu sehen, auch wenn wir beispielsweise in Aurich wohnen und du bis elf in Hamburg in einer Opernpremiere hockst? Das glaubst du doch selbst nicht.«

»Das wären doch Ausnahmen. Dann würde ich eben mal im Hotel übernachten. Diesen beruflichen Freiraum möchte ich behalten. Wir bräuchten ohnehin mein Gehalt. Wenn du einen festen Job annimmst, hast du eine Probezeit und könntest von einen auf den anderen Tag auf der Straße stehen.«

»Ich weiß.«

Kaltenbach kratzt sich am Kinn. »Wie lange trägst du dich schon mit dem Gedanken, Bremen zu verlassen?«

»Aufgekommen ist die Idee vor einem Jahr. Nach den damaligen Ereignissen wollte ich einfach nur weg. Danach hat sich Hiller etwas zurückgehalten und ich habe an meiner Idee gezweifelt. Aber jetzt steht mein Entschluss fest.«

Kaltenbach nickt. »Deinen Wunsch, wegzuziehen, kann ich nachvollziehen, den nach einem festen Job allerdings nicht. Wie willst du das mit den Kindern vereinbaren?«

»Mit welchen Kindern?«

»Du wolltest doch immer Kinder haben.«

Um Marens Mund bildet sich ein bitterer Zug. »Das Thema hast du geschickt verzögert, Clemens. Einer deiner Fehler. Zu deiner Entschuldigung muss ich sagen, es hat auch nie den richtigen Zeitpunkt dafür gegeben. Momentan habe ich keine Kraft dazu. Und bis ich das Elend hier verdrängt haben werde, falls das überhaupt gelingt, dürfte es für Kinder zu spät sein.«

Kaltenbach steht auf und geht im Zimmer auf und ab. »Trotzdem Maren, warum eine feste Stelle? Du bist doch gar nicht dafür gemacht, du bist es gewohnt, selbstständig zu arbeiten. Mal ganz davon abgesehen, dass du dir von niemanden was sagen lässt. Dein Chef wäre schon nach einer Woche suizidgefährdet.«

Maren kann sich ein Lächeln nicht verkneifen. »Du magst ja recht haben, aber wenn ich mich in einem fremden Ort selbstständig mache, dauert es ewig, bis ich ausreichend Kunden habe.«

»Ja und? Ich habe dir lange genug auf der Tasche gelegen und bekäme die Chance, das wieder gutzumachen.« Kaltenbach setzt sich und streckt seine Arme aus. »Komm mal her, Schatz.«

»Seit wann kommt der Knochen zum Hund?«

»Bitte.«

Sie setzt sich rittlings auf seinen Schoß. »Und nun, was willst du mir flüstern?«

»Wenn du selbstständig bleibst, hättest du freie Ortswahl, zumindest im Nordwesten und rüber bis Hamburg. Wir könnten sofort umziehen und du könntest sogar deine Bremer Kunden behalten, sofern du unsere schöne Hansestadt dann noch betreten magst.«

Maren reibt ihre Nase an seiner Wange. »Das klingt schon verlockender. Da ich in den Sommermonaten weniger zu tun habe, könnte ich mir ein paar Städte ansehen und die Wohnungspreise recherchieren.«

»Warum nicht, wenn du nicht wieder Unsinn machst?«

»Haha.« Sie springt auf und holt eine Flasche Prosecco aus dem Kühlschrank. »Wir haben zwar noch keinen Friedensvertrag geschlossen, aber erste Gespräche geführt. Darauf sollten wir anstoßen.«

Sie stehen vor dem Fenster, schauen sich in die Augen und prosten sich zu. Ohne Vorwarnung reißt er Maren zu Boden.

»Hey, spinnst du?«

»Du hattest einen roten Punkt auf der Stirn, wie von einem Zielfernrohr. Bleib liegen, ich schalte das Licht aus.« Er krabbelt auf allen Vieren zum Schalter. Der rote Punkt wandert durch das nun dunkle Zimmer, verharrt hin und wieder, um gleich darauf seine Wanderung fortzusetzen.

Maren zieht sich im toten Winkel neben dem Fenster auf einen Stuhl hoch. »Hiller wird nie Ruhe geben. Ich habe ihn heute Morgen zur Rede gestellt. Er hat mir erneut zu verstehen gegeben, dass er sich und mich und auch dich töten wird, wenn er mich nicht bekommt. Warum kann er nicht einfach verrecken?«

Freitag, 15. Juli

Maren steht unsicher auf, um sich ein Glas Wasser zu holen. Sie muss sich auf dem Küchentisch abstützen. Kaltenbach hält sie fest und drückt sie sanft auf den Stuhl zurück. »Reg dich nicht auf, bleib sitzen, ich hole dir Wasser.«

Aus den Augenwinkeln sieht er, wie sie wieder nach dem Brief und dem Foto greift. Beides hat heute Morgen im Briefkasten gelegen. Ein Brief und ein Foto von Gunnar Neuhaus. Nicht irgendein Foto, sondern eines, auf dem Gunnar die gestrige Ausgabe des Bremer Tageskuriers in den Händen hält. In dem Brief beklagt er sich bitter darüber, dass Kaltenbach seinen Tod mitverschuldet und Maren sich sofort Kaltenbach in die Arme geworfen hat. Gunnar fragt, ob die beiden sich schon mal Gedanken über ihr Verhalten gemacht haben? Falls nicht, sollten sie es nachholen und ein Zeichen setzen, indem sie sich trennen.

Kaltenbach reicht Maren das Glas Wasser. »Trink, dann geht`s dir besser.« Er untersucht das Bild mit einer Lupe. Eine Retusche oder andere Manipulationen erkennt er nicht. Er konzentriert sich auf das spitze Gesicht des abgebildeten Mannes, das von einem strubbeligen Vollbart eingefasst wird. Abstehende Haare, die sich offensichtlich nicht bändigen lassen, unterstreichen den zauseligen Eindruck. Kein Zweifel, der Mann sieht aus wie Zausel, wie Kaltenbach seinen besten Freund Gunnar liebevoll genannt hat. Aber Zausel kann es nicht sein, denkt er, ich habe ihn selbst tot auf dem Boden liegen sehen.

Maren unterbricht seine Gedanken. »Schau genau hin, es ist Gunnars Unterschrift.«

Maren Petersen wälzt sich im Bett hin und her. Sie hat sich hingelegt und versucht zu schlafen. Es funktioniert nicht, obwohl sich das schwüle Wetter verzogen hat und die Temperaturen im Schlafzimmer erträglich sind. Sie ist sich darüber im Klaren, dass sie Hiller nicht abschütteln kann, indem sie aus Bremen weggeht. Sie muss das Problem vorher lösen. Maren hatte hofft, die Polizei hätte durch den Brief und das Foto endlich etwas gegen Hiller in der Hand, auf das sie ihn festnageln könnte. Aber es sieht nicht danach aus. Clemens ist zu Markus Sandman gefahren und hat ihn um eine Überprüfung gebeten. Später hat er sie angerufen. Weder auf dem Brief noch auf dem Foto seien Fingerabdrücke. Markus wolle noch einmal mit Hiller reden, verspreche sich aber nichts davon. Bevor Clemens zur Polizei gegangen ist, hat er beruhigend auf sie eingeredet, das Foto und die Unterschrift seien gefälscht. Es sei ein verzweifelter Versuch von Hiller, ihr ein schlechtes Gewissen gegenüber Gunnar zu machen und sie auf seine Seite zu ziehen. Ein letzter Versuch, denkt sie, Hiller hat ihr klar gesagt, was passiert, wenn sie seine Liebe verrät.

Maren quält sich unter ihrer Decke hervor und setzt sich auf die Bettkante. Woher der Wunsch kommt, weiß sie nicht, aber sie verspürt das dringende Bedürfnis, mal wieder in ihrem Tagebuch zu blättern. Der letzte Eintrag stammt aus ihrer Zeit mit Gunnar. Nicht einmal seinen Tod hat sie mehr eingetragen. Und jetzt muss sie ständig an Gunnar denken, weil Hiller es so will. Weil er mittlerweile so viel Macht über sie hat, dass er sie dazu zwingen kann. Zögernd starrt sie eine Weile auf den Sekretär, dann gibt sie sich einen Ruck und zieht ihre Schublade auf. Hat das Tagebuch nicht obenauf gelegen? Sie holt alle Unterlagen heraus, kein Tagebuch. Was geschieht hier, bin ich im falschen Film? Ihr wird kalt bei dem Gedanken, Hiller könnte sie auch hierbei lenken, wissen, dass sie irgendwann nach ihrem Tagebuch suchen und es nicht finden würde. Trotzig wühlt Maren den Sekretär durch, doch das Tagebuch bleibt verschwunden. Erst der Wein und nun das. Warum? Sie schlägt mit der Faust auf das Möbelstück. Wo ist das verdammte Tagebuch. Sie reißt alle Schranktüren und Schubladen auf, bis sie in Clemens' Schreibtisch auf ein Aktfoto stößt. Es zeigt Brigitte Bunk auf ihrer Terrasse mit einem Glas Rotwein in der Hand.

Kaltenbach verfährt nach der bewährten Methode. Dieses Mal nimmt er ein Papiertaschentuch zu Hilfe, fasst das Foto damit am Rand an und lässt es in einen Kunststoffbeutel gleiten. »Auch in diesem Fall werden sich deine Anschuldigungen in Luft auflösen, Maren. Für wie bescheuert hältst du mich eigentlich? Meinst du, ich würde ein Foto oder sogar ein Aktfoto von Brigitte in meine Schreibtischschublade legen, wenn ich was mit ihr hätte?«

»Ich habe es nicht hineingelegt, also musst du es gewesen sein. Was spielst du für ein Spiel mit mir, Clemens? Ich habe es verdammt noch mal nicht verdient, so behandelt zu werden. Auch jetzt nicht, nach meinem Ausrutscher. Mein Tagebuch hast du auch verschwinden lassen. Warum? Sag nicht, es war jemand in der Wohnung. Du hast das Schloss ausgetauscht.« Wütend springt sie auf, will aus dem Wohnzimmer rennen. Kaltenbach fängt sie ab und hält sie fest. Maren trommelt mit beiden Fäusten auf seine Brust ein. Er lässt sie gewähren, bis sie erschöpft aufgibt.

Kaltenbach zieht sie fest an sich. »Du solltest dich zurücknehmen mit deinen Anschuldigungen. Denn du bist in ein fremdes Bett gehüpft, nicht ich. Und in meine Schreibtischschublade habe ich schon lange nicht mehr geguckt und du hast dein Tagebuch seit Urzeiten nicht mehr angerührt. Das kann Hiller schon vor Wochen mitgenommen und bei der Gelegenheit das Aktfoto in die Schublade gelegt haben. Eine bessere Informationsquelle über Gunnar kann er sich gar nicht wünschen. Es liegt doch auf der

Hand: Hiller will dich lenken und verunsichern. Warum machst du immer mir Vorwürfe. Hiller möchte unsere Liebe zerstören, willst du das zulassen? Was hier abläuft, ist ein Spiel. Leider sind wir nicht die Spieler, sondern die Figuren, die Hiller nach Regeln manipuliert, die er selbst aufgestellt hat. Und zwar so, dass er, sofern wir uns nicht zur Wehr setzen, das Spiel gewinnt.« Er hebt den Beutel mit dem Aktfoto hoch. »Sieh dir das Bild doch an. Klar ist das Brigitte, aber wie unscharf und grobkörnig das Bild ist. Das hat jemand mit einem Teleobjektiv fotografiert. Der Fotograf muss, wie auch für das andere Foto, über die Mauer auf das Nachbargrundstück geklettert sein und sich dort in die Büsche geschlagen haben, die an Brigittes Grundstück grenzen. Ihre Terrasse ist, wie du selbst weißt, ein gutes Stück von den Büschen entfernt und an sich nicht einsehbar. Abgesehen davon würde Brigitte eine schönere und schärfere Aufnahme auswählen, wenn sie mir ein Aktfoto schenken wollte.«

Maren entspannt sich etwas. »Entschuldige bitte, ich kann manchmal nicht mehr klar denken. Ich habe auch schon daran gedacht, dass Hiller versuchen könnte, mich oder uns zu lenken oder unser Denken zu beeinflussen, um uns auseinanderzubringen.« Sie legt ihre Arme um Kaltenbachs Rücken. »Mich beunruhigt immer noch die Sache mit dem fehlenden dritten Schlüssel. Es hat nämlich doch einen weiteren Schlüssel gegeben, das ist mir wieder eingefallen. Gunnar hat seinen Schlüssel ein paar Wochen vor seinem Tod verloren. Wo das passiert sein konnte, wusste er angeblich nicht. Er hat sich daraufhin den Ersatzschlüssel genommen, den du jetzt hast.«

»Wusste er nicht? Ich möchte Gunnar nichts unterstellen, aber im Nachhinein klingt das so, als hätte er den Schlüssel jemanden gegeben, den er sehr gut kennt.« Kaltenbach öffnet das Wohnzimmerfenster, um frische Luft hereinzulassen. Auf den Bahngleisen hinter dem Haus steht ein ICE, der darauf wartet, in den Bremer Hauptbahnhof einfahren zu dürfen. Es kommt ihm vor, als starrten dutzende von Augen durch die getönten Scheiben zu ihm herauf, ohne dass er ihre Blicke erwidern könnte. Er wendet sich wieder Maren zu. »Aber wie soll Hiller an den Schlüssel gekommen sein, den hast du doch damals noch gar nicht gekannt?«

Samstag, 16. Juli

Im Briefkasten steckt wieder ein Brief von Gunnar Neuhaus. Kaltenbach öffnet ihn oben im Beisein von Maren. »Gunnar fordert mich auf, morgen Abend um 20 Uhr alleine zu der unten aufgeführten Adresse AM VILSER HOLZ in Bruchhausen-Vilsen zu kommen.«

Maren Petersen nimmt ihm das Schreiben aus der Hand. »Das ist eine Falle.« Sie sieht Kaltenbach mit weit aufgerissenen Augen an. »Geh auf keinen Fall alleine hin. Bestimmt steckt Hiller wieder hinter der Geschichte.« Kaltenbach holt sich den Brief zurück und überfliegt ihn noch einmal. »Ich nehme die SIG Sauer mit und knöpfe mir die Person vor, die den Brief geschrieben hat.«

»Ich würde den Brief ignorieren. Wenn du das nicht kannst, nimm wenigstens Jens mit.« Sie schaut auf die Uhr. »Ich muss los.«

»Mach nicht wieder solche Dummheiten wie auf deinem letzten Ausflug, als du dich entspannen wolltest.«

»Clemens, du hast mir versprochen, das Thema nicht mehr zu erwähnen. Außerdem habe ich diesmal einen Anstandswauwau dabei.«

»Ja, eine Lesbe. Was willst du denn mit Miriam unternehmen?«

Maren hebt ihre Hände. »Miriam hat mich eingeladen. Es soll eine Überraschung werden. Ich denke, sie will mit ihrer neuen Villa angeben.«

»Wann kann ich mit deiner Rückkehr rechnen.«

An der Tür dreht sich Maren noch einmal um. »Keine Ahnung, falls es sehr spät werden sollte, rufe ich an.«

Kaltenbach ist tief in seine Gedanken versunken, als ein Pling die Ankunft einer E-Mail auf Marens PC verkündet. Er traut seinen Augen nicht: Absender ist Florian Waldbichler. Kaltenbach ringt mit sich um die Frage, ob er die Nachricht öffnen dürfe. Bisher haben Maren und er grundsätzlich alle Mails geöffnet, je nachdem wer gerade zu Hause war, weil sie keine Geheimnisse voreinander hatten. Und nun? Gibt Maren etwa vor, sich nach so langer Zeit wieder mit Miriam Francke zu treffen, da sie weiß, dass er nie bei Miriam unter einem Vorwand anrufen und nach ihr fragen würde? Weil Miriam und er eine gegenseitige Antipathie pflegen, obwohl sie vor einem Jahr fast zusammen verbrannt wären?

Er öffnet Google, um die Absenderadresse im Internet zu überprüfen. Die Mail kommt nicht aus einem Internetcafé, es ist Waldis Adresse. Waldi hat die E-Mail von einem Tablet-PC oder Notebook verschickt. Soll er abwarten, ob Maren von sich aus etwas erzählt? Falls nicht, soll er sie dann der erneuten Untreue bezichtigen? Vielleicht weiß sie gar nicht, dass Waldi zu ihr Kontakt aufnehmen möchte? Er geht ans Fenster und wendet dem PC demonstrativ den Rücken zu. Fünf Minuten hält er die Situation durch, dann setzt er sich wieder an den Rechner. »Wir haben immer unsere Mails geöffnet und du hast mir geschworen, mich nicht wieder zu hintergehen, Maren.« Die Worte, die ihre Empfängerin nicht erreichen können, schwingen noch im Raum nach, als Kaltenbach sich einen Ruck gibt und die Nachricht öffnet.

LIEBE MAREN, VIELEN DANK FÜR DEINE FREUNDLICHE MAIL. ICH WÜRDE DICH AUCH GERN WIEDERSEHEN. SITZE GLEICH IM FLIEGER NACH BREMEN. FALLS ES DIR MÖGLICH IST, KOMM BITTE SO UM VIER IN DAS KAFFEEHAUS CLASSICO AM MARKTPLATZ. ALLES LIEBE, ICH FREUE MICH AUF DICH. WIR HABEN NOCH WAS NACHZUHOLEN! DEIN FLORIAN.

Kaltenbach ist wie vor den Kopf gestoßen. KAFFEEHAUS CLASSICO, mit einer unscheinbaren Seitentür, die zur Rezeption des Hotels und von dort zu den Zimmern führt. Dennoch ist sich Kaltenbach sicher, dass Maren Waldi keine Mail geschickt und um ein Treffen gebeten hat. Derart dreist würde sie sich ihm gegenüber nie verhalten. Andererseits würde es ihn schon reizen, Waldi zu beobachten.

Sechzehn Uhr. Kaltenbach kocht Kaffee, als das Telefon klingelt.

»Hallo Schatz.« Maren gelingt es trotz ihrer freundlichen Worte nicht, ihre Aggressivität verbergen. »Ich geb´s auf, mich entspannen zu wollen. Weißt du, wer mich gerade angerufen hat? Waldi! Ich hätte ihm aus einem Internetcafé eine Mail geschickt und wünschte ein weiteres Treffen. Und nun würde ich ihn versetzen.«

»Ich weiß, er hat dir gemailt und ein Treffen im CLASSICO um sechzehn Uhr vorgeschlagen.«

»Da sitzt du noch ruhig zu Hause?«

»Ich vertraue dir, Maren.« Er muss eine ganze Zeit auf eine Antwort warten, ihr fehlen offensichtlich die Worte.

»Ich rufe allerdings nicht wegen Waldi an, sondern wegen eines drängenden Problems. Könntest du mich bitte mit dem Auto abholen. Ich habe keine Lust, mit dem Zug zurückzufahren.«

»Ich denke, du bist mit Miriam unterwegs?«

»Die kann mich mal, hat sich die ganze Zeit über Männer im Allgemeinen und über dich im Besonderen ausgelassen. Schließlich hat sie gemerkt, dass sie mich nervt und hat mich einfach hier stehen lassen.«

»Ich komme doch gern, wo bist du?«

»Ich mag´s kaum sagen: in Bremerhaven.«

Kaltenbach stöhnt auf. »Und wo dort?«

Im Zoo am Meer. »Denk bitte während der Fahrt über Waldis Aktion nach. Ich kann mir nicht vorstellen, dass er so plump vorgeht und grundlos behauptet, eine Mail von mir erhalten zu haben. Da steckt was anderes dahinter.«

»Glaubst du, Hiller hätte wieder seine Finger im Spiel?«

»Aber woher sollte er Waldi kennen? Seinen Namen, seine Mail-Adresse?«

»Der Alte könnte euch beobachtet haben, als ihr in den Porsche gestiegen seid, hat sich das Kennzeichen notiert und Hiller informiert. Den Halter herauszufinden, dürfte kein Problem sein.«

»Ich denke mittlerweile, die Sache ist zu groß für Hiller, und größer als wir denken.«

Sonntag, 17. Juli

»Kommt Jens hierher oder trefft ihr euch auf dem Weg nach Bruchhausen-Vilsen?«, fragt Maren, ohne von den Krabben aufzublicken, die sie für das Abendessen pult.

»Jens muss ab neunzehn Uhr eine Ehefrau observieren, die ihr Mann für untreu hält. An dem Auftrag arbeitet er schon länger.«

»Dann gehe ich eben mit.«

Kaltenbach schüttelt den Kopf. »Kommt nicht infrage. Das wäre viel zu gefährlich. Abgesehen davon gingen wir Hiller in dem Fall möglicherweise, sollte er dahinter stecken, beide in die Falle.«

Maren wirft eine gepulte Krabbe in die Schüssel. »Ach, du gibst zu, dass es gefährlich ist. Bleib hier, Clemens, bitte. Du hast versprochen, mehr auf mich eingehen zu wollen.«

»Ich weiß, aber was soll ich sonst tun? Es bringt doch nichts, aus Bremen fortzuziehen, bevor wir diesen Verfolgungswahnsinn gestoppt haben. Und heute besteht die Chance, Hiller zu packen. Oder ich treffe den großen Unbekannten, der hinter all den geheimnisvollen Ereignissen der letzten Wochen stecken könnte.

Warum musste es zu dieser Entwicklung kommen? Der Tod seines Freundes Gunnar, mit dem er fast zehn Jahre lang eng befreundet gewesen ist, hat Kaltenbach vor zwei Jahren wie ein Schlag getroffen. Er sieht Gunnar im Erdgeschoss des düsteren Hauses in Stellenfelde nackt auf dem Boden liegen und aus toten Augen zurückstarren. Man habe ihn mit einem stumpfen Gegenstand erschlagen, hat der Polizeiarzt gesagt. Maren hat an ein Bett gefesselt im Obergeschoss gelegen und ist wohl nur deshalb lebend davongekommen, weil sie den Täter mit ihren verbundenen Augen nicht sehen konnte und weil plötzlich Leute auf dem Grundstück aufgetaucht sind und der Täter Angst davor bekommen hat, entdeckt zu werden. Kaltenbach ist damals unruhig geworden, nachdem sich bei seinen Versuchen, Maren und Gunnar anzurufen, stets die Mailboxen ihrer Handys gemeldet hatten. Daraufhin ist er nach Stellenfelde gefahren, das in der Nähe von Posthausen liegt, und hat die beiden gefunden. Ihm kommt es vor, als sei das gestern passiert und nicht schon zwei Jahre her.

Gunnar ist Fotograf beim Bremer Tageskurier gewesen, hat sich aber mehr als Künstler gesehen. Daher hat er sein Fotogeschäft in Verden, das er von seinem Vater übernommen hatte, schnell in den Konkurs getrieben. Pass- und Gesellschaftsfotos sind nun mal nicht sein Ding gewesen.

Kaltenbach hat aber auch schöne Zeiten mit Gunnar erlebt. Verbunden hat sie die gemeinsame Vorliebe für die mediterrane

Küche und deren Weine sowie das Interesse an Kunst und Musik. Und es hat ihre beiderseitige Liebe zu Maren gegeben, Gunnars offizielle und seine heimliche. Was und wo wäre ich heute, wenn Gunnar nicht gestorben wäre? Eine Frage, die Kaltenbach schon lange bewegt.

Im Kreisverkehr in Bruchhausen-Vilsen biegt er in die Bahnhofsstraße ein und kehrt gedanklich zu einem weiteren dunklen Kapitel seiner Vergangenheit zurück. Hier in der Gemeinde ist er untergetaucht, als ihn die Polizei sowohl im Fall Gunnar als auch nach dem Tod Franziskas des Mordes verdächtigt hatte. Im Fall Gunnar hat er sogar lange selbst damit gerechnet, der Mörder zu sein, weil ihn jemand am Tatort gesehen hatte und er in der betreffenden Nacht betrunken gewesen ist. Ob Arno Stevens, der damalige Täter, noch im Gefängnis sitzt? Sollte es ihm gelungen sein zu fliehen, käme auch er als Urheber der jetzigen Ereignisse infrage. Er sinnt bestimmt auf Rache, zumal Maren ihn böse zugerichtet hat.

Kaltenbach parkt seinen Wagen in der Bergstraße und geht den Rest des Weges zu Fuß. Er findet das Haus direkt am Wald unter der angegebenen Adresse AM VILSER HOLZ. Die Zeiger seiner Armbanduhr stehen auf viertel vor acht. Es bleibt also noch Zeit, sich umzusehen.

Kaltenbach blickt skeptisch auf das Messingklingelschild, das behauptet, G. u. P. Neuhaus wohnten hier. Er schaut sich um. Die Nachbarn können den Eingangsbereich nicht einsehen und er kann keinen Blick durch die Fenster werfen, denn die Rollläden sind, soweit er das sehen kann, heruntergelassen worden. Er zögert einen Moment, geht um das Haus herum, um sich dahinter umzuschauen. An der Ecke bleibt er stehen und betrachtet den rückseitigen Teil des Grundstücks, den eine Gartenlampe ausleuchtet. Auch an den Seiten und hinten sind die Rollläden geschlossen. Das gesamte Grundstück ist zweckmäßig und pflegeleicht angelegt. Eine persönliche Handschrift der Besitzer kann Kaltenbach nicht erkennen. Wäre es Gunars Garten, ständen hier Skulpturen und es gäbe gemütliche Sitzecken und Büsche, die den Garten unterteilen würden. Sofern Gunnar überhaupt seinem geliebten Bremen den Rücken gekehrt und sich auf dem Land niedergelassen hätte.

Kaltenbach sieht keinen Sinn darin, zu zögern und drückt auf den Klingelknopf. Er hört Schritte, der Spion in der Haustür verdunkelt sich kurz, dann wird geöffnet. Eine schlanke junge Frau mit halblangen blonden Haaren, die einen leichten Morgenmantel trägt, zieht seine Blicke an. Auf ihrem Gesicht, aus dem die Wangenknochen leicht hervortreten, liegen ein Hauch von Schminke und ein freundliches Lächeln.

»Guten Abend, Clemens Kaltenbach mein Name. Ich bin mit Gunnar verabredet.«

Die Frau macht einen Schritt zur Seite und bittet ihn, seine Schuhe im Flur auszuziehen. Kaltenbach rümpft innerlich die Nase. Der Flur ist, wie der Garten, schlicht, fast schon spießbürgerlich eingerichtet. Das Gleiche gilt für das Wohnzimmer, in das ihn die Frau führt. Drucke kitschiger Ölgemälde zieren die Wände, die Möbel sehen aus, als stammten sie aus den Siebzigerjahren des letzten Jahrhunderts. Hier fehlt eindeutig Gunnars Handschrift.

»Gunnar musste mal kurz weg. Er wird aber jeden Moment zurückkommen.« Die erotische Stimme der Frau passt nicht zu dem Interieur.

Hier passt überhaupt nichts zusammen, denkt Kaltenbach. Dass die Person, die ihn unbedingt sprechen möchte, nicht anwesend ist, kann er sich nicht vorstellen. Das riecht nach einem Hinterhalt. Er nimmt sich vor, auf jedes Geräusch und jede Bewegung zu achten. Auf einem Sideboard erblickt er das Foto, das ihn und Gunnar zeigt, wie sie beide einen Arm um Marens Schulter legen. Das gleiche Foto, das zu Hause im Schlafzimmer steht und das mit Todeskreuzen auf Marens und seinem Gesicht auf Gunnars Grab gelegen hat. Woher hat Hiller, oder wer auch immer, das Bild? Kaltenbach lässt sich seine Überraschung nicht anmerken. Aus Marens und seinem Schlafzimmer kann es nicht stammen, dort steht es noch immer.

Die junge Frau sieht ihn herausfordernd an. »Möchten Sie etwas trinken?«

»Nein danke.«

»Sie trinken doch gern Lagavulin. Gunnar hat ihn extra für Sie besorgt.«

»Das ist sehr nett von ihm.« Kaltenbach wird flau im Magen. Von seiner Vorliebe für diesen Single Malt Whisky wissen nur die engsten Bekannten, zu denen auch Gunnar gehört hat. »Ich bin gerührt, dass er sich daran noch erinnert. Aber ich möchte im Augenblick wirklich nichts trinken.«

Ein Lächeln zeigt sich auf ihrem Gesicht. Sie öffnet ihren Morgenmantel, unter dem sie bloß ihre Haut trägt. »Kann ich dir sonst etwas bieten?«

Kaltenbach schaut die Frau verdutzt an. Unter ihrer linken Brustwarze fällt ihm ein kleines, dunkles Muttermal auf. Er macht einen Schritt zurück. »Was soll das? Ich bin mit Gunnar verabredet und möchte ihn jetzt sehen.«

»Ich habe doch gesagt, dass Gunnar gleich kommt. Die Wartezeit sollten wir nutzen, um uns näher kennenzulernen.«

»Lassen Sie den Unsinn. Hat Sie Hiller dazu angestiftet?«

Ohne zu antworten, lässt die Frau ihren Morgenmantel von den Schultern auf den Boden gleiten. Sie geht auf Kaltenbach zu und streicht mit den Händen über ihre Brüste. »Warum heute so schüchtern? Gunnar sagt, du lässt nichts anbrennen. Gefalle ich dir nicht?« Kaltenbach schafft es, bis zur Tür zurückzuweichen, dann ist sie bei ihm und legt ihre Arme um seinen Hals.

Ihre Lippen öffnen sich und nähern sich seinem Mund. Schlagartig ist es dunkel. Jemand hat ihm von hinten eine schwarze Plastiktüte über den Kopf gestülpt, die er zuzieht. Kaltenbach greift nach oben, um sich zu wehren, wird aber von zwei Seiten festgehalten. Die Stimme der Frau klingt dumpf durch den Kunststoff. »Gunnar möchte, dass du dich von Maren trennst. Er war lange untergetaucht, konnte nicht glauben, wie leicht ihr über seinen Tod hinweggegangen seid, wie ihr eure Leben sofort neu geordnet habt, als sei es das Normalste der Welt, den Lebensgefährten und besten Freund zu vergessen. So zu tun, als hätte er nie existiert.«

Kaltenbach ringt nach Luft, bei jedem Atemzug zieht sich Material von der Tüte in seinen Mund. Endlich, denkt er, als sich die Plastiktüte öffnet und er tief einatmen kann. Er spürt den Einstich einer Nadel und die Dunkelheit kehrt zurück.

»Hallo Markus, komm rein.« Maren Petersen geht zur Seite, um Hauptkommissar Sandman eintreten zu lassen.

»Entschuldige meinen späten Besuch am Sonntagabend, Maren, aber früher habe ich es nicht geschafft.« Er hält das Aktfoto von Brigitte Bunk hoch. »Clemens hat mich gebeten, das Bild nach Fingerabdrücken untersuchen zu lassen.« Sandman holt eine Pfeife aus seiner Jackentasche. »Darf ich?«

Maren nickt. »Clemens ist ja nicht da. Seitdem ich nicht mehr rauche, verbietet er es auch jedem Besucher. Aber das weißt du ja.«

Sandman stopft seine Pfeife und zündet sie an. »Ich kann dich beruhigen, Maren, Clemens hat das Foto nie in der Hand gehabt. Zumindest sind keine Fingerabdrücke von ihm drauf.«

»Und was ist mit Abdrücken von Brigitte Bunk?«

»Die haben wir nicht gespeichert und können sie daher nicht abgleichen. Es sei denn, du könntest mir auch von der Bunk etwas mitgeben, was sie angefasst hat. Ich denke aber, das bringt nichts.« Markus Sandman räuspert sich. »Wir haben allerdings eine andere interessante Entdeckung gemacht. Auf dem Bild befinden sich Fingerabdrücke, die wir auch auf der leeren Whiskyflasche gefunden haben.«

Kaltenbach weiß nicht, wo er ist. Er liegt auf dem Boden und starrt an eine Zimmerdecke, die er noch nie gesehen hat. Vorsichtig, gegen aufkommenden Schwindel ankämpfend, hebt er seinen Kopf. Die billigen Drucke von Ölgemälden helfen seiner Erinnerung auf die Sprünge. Er sieht eine nackte Frau, fühlt eine Plastiktüte über dem Kopf und eine Spritze in seinem linken Arm. Stöhnend lässt er seinen Kopf wieder sinken, kämpft dagegen an, erneut wegzudämmern. Er braucht eine Dreiviertelstunde, bevor er auf die Beine kommt. Er klopft seine Taschen ab. Geld und Schlüssel sind noch da, aber seine SIG Sauer ist verschwunden. Ist sie ihm aus der Jacke gerutscht? Mit den Augen sucht er den Boden ab, quält sich auf die Knie und schaut unter die Möbel, findet die Pistole aber nicht. Schließlich fällt sein Blick auf das Sideboard. Anstelle des Bildes, das Gunnar und ihn zusammen mit Maren zeigt, sieht er ein Foto, auf dem er bewusstlos in Gunnars Armen liegt.

Montag, 18. Juli

»Wenn Sie kommen, drohen Überstunden. Oder glauben Sie, dass wir diesen Fall schneller lösen?« Kriminalhauptkommissar Christian Mühlenfeld von der Kriminalpolizei Syke schaut Kaltenbach skeptisch an. Nervös streicht er mit seinem rechten Zeigefinger an der großen Warze entlang, die neben seiner Nase thront. Ein weiterer Blickfang im Gesicht des vollschlanken Mittfünfzigers ist sein großer grau melierter Schnauzbart, der farblich zu seinen Haaren passt.

»Ich wäre sehr an einer raschen Aufklärung interessiert, zumal die Geschichte immer absurder wird. Wir werden ja gleich hören, was die Bewohner des Hauses zu sagen haben.«

Kaltenbach ist in der Nacht nach Hause gefahren, hat mit Maren gesprochen und ist - nachdem er sich kurz ins Bett gelegt hatte, vor innerlicher Anspannung aber nicht schlafen konnte - zur Kripo nach Syke geeilt. Ein Polizeiarzt hat eine Blutprobe genommen, um sie auf ein Betäubungsmittel hin zu untersuchen. Der Arzt hat aber wenig Hoffnung gehabt, noch etwas zu finden, weil beispielsweise K.-o.-Tropfen nur sechs bis acht Stunden lang nachweisbar sind.

Mühlenfeld, den Kaltenbach über die letzte Nacht und die Vorgeschichte informiert hat, deutet auf den Knopf des Messingklingelschildes. »Dort steht H. u. P. Hansen. Täuschen Sie sich in der Adresse?«

»Nein, es war dieses Haus. Das erkenne ich an der Tür und am Vorgarten.«

»Seltsam.« Mühlenfeld drückt auf den Klingelknopf. Die beiden uniformierten Beamten, die ihn und Kaltenbach begleiten, halten sich seitlich im Hintergrund.

Eine Sicherheitskette wird vorgelegt, dann geht die Tür einen Spalt weit auf. In den Augen der Frau, die durch den Spalt lugt, liegt ein kurzes, unsicheres Flackern, dann hat sie sich wieder im Griff. »Ich kaufe nichts, oder kommen Sie von den Zeugen Jehovas?«

»Sehen wir so aus?« Mühlenfeld zeigt seinen Ausweis. »Kripo Syke, Frau Neuhaus?«

»Nein, ich heiße Paula Hansen, was kann ich für Sie tun?«

Mühlenfeld schaut Kaltenbach an, der nickt. »Ich schlage vor, das besprechen wir drinnen. Oder sollen wir Sie mit aufs Revier nehmen?«

Die Frau löst die Sicherheitskette und öffnet die Tür einen Spalt weit. Sie trägt eine schwarze Jeans und ein hochgeschlossenes grünes T-Shirt. Darüber hat sie eine historische Küchenschürze gebunden, wie sie Kaltenbach aus seiner Kindheit von seiner vor sechs Monaten verstorbenen Mutter kennt. »Gestern Abend haben Sie noch eine ganz andere Kleidung bevorzugt.«

Wieder dieses kurze unsichere Flackern in den Augen von Paula Hansen. »Ich weiß nicht, wovon Sie reden.«

»Hören Sie auf, mich zu verscheißern, Frau Hansen.« Er wendet sich Mühlenfeld zu. »Ich schlage vor, Sie nehmen sie mit aufs Revier und lassen sie von einer Kollegin untersuchen. Unter ihrer linken Brustwarze hat sie ein kleines, dunkles Muttermal.« Er dreht sich zu Paula Hansen um. »Sie können es auch hier zeigen, gestern hatten Sie auch kein Problem damit.«

»So geht das nicht, Herr Kaltenbach«, mischt Mühlenfeld sich ein. »Frau Hansen, Herr Kaltenbach sagt, Sie hätten gestern so getan, als wollten Sie ihn sexuell bedrängen und haben ihn dadurch abgelenkt, sodass ihm eine weitere Person eine Kunststofftüte über den Kopf ziehen und ihm eine Spritze setzen konnte. Möchten Sie sich dazu äußern?«

»Ich habe es nicht nötig, jemanden sexuell zu bedrängen. Und wenn, würde ich mir bestimmt einen attraktiveren Mann aussuchen. Außerdem sehe ich Herrn Kaltenbach heute zum ersten Mal. Keine Ahnung, warum er solche Geschichten erfindet. Er scheint eine ausschweifende Fantasie zu haben.«

»Es reicht Frau Hansen.« Kaltenbach sieht sie drohend an. »Wo ist das Foto, das gestern bei meinem Eintreffen hier auf dem Sideboard gestanden hat und wo ist Gunnar?«

»Ich kenne keinen Gunnar.«

Kaltenbach zeigt das Foto, auf dem er bewusstlos in den Armen von Gunnar liegt. »Das ist Gunnar Neuhaus. Nennt er sich jetzt Hansen? Sind Sie mit ihm verheiratet?«

»Nein, was soll das?« Sie wendet sich Mühlenfeld zu. »Ich war gestern den ganzen Tag zu Hause. Schaffen Sie den Mann hier raus, sonst sage ich kein Wort mehr.«

»Frau Hansen, ich nehme Sie mit aufs Revier. Dort wird Sie eine Kollegin untersuchen.« Er gibt den uniformierten Beamten einen Wink. »Bringen Sie Frau Hansen nach der Untersuchung in einen Vernehmungsraum. Ich bleibe noch hier und frage die Nachbarn, ob sie gestern was gesehen haben.« Auf dem Weg nach draußen dreht sich Mühlenfeld noch einmal um. »Ach ja, Frau Hansen, wo finde ich ihren Mann.«

»Ich bin nicht verheiratet.«

»Dann eben ihren Lebensgefährten.«

Paula Hansen sieht ihn mitleidig lächelnd an. »Tut mir leid, aber ich bin solo.«

»Und wofür steht das H auf dem Klingelschild?«

»Für meinen Vater Hans-Günter. Bevor Sie fragen: Er ist nicht da.«

Kaltenbach sitzt in Mühlenfelds Wagen. Er ärgert sich darüber, dass er Paula Hansen nicht nach seiner SIG Sauer fragen konnte, zumal er keinen Waffenschein hat. Aber sie hätte ohnehin wieder so getan, als wüsste sie von nichts. Die Frage ist, wer die Pistole an sich genommen hat?

Hauptkommissar Mühlenfeld kommt schulterzuckend zurück. »Die Befragung der Nachbarn hat kaum neue Erkenntnisse gebracht. Niemand hat gesehen, dass Sie gestern bei Neuhaus beziehungsweise Hansen geklingelt oder das Haus betreten haben. Paula Hansen soll hier mit ihrem Vater seit Jahren sehr zurückgezogen leben. Darf ich noch mal das Foto sehen, das Sie vorhin gezeigt haben?«

Kaltenbach reicht es ihm. Mühlenfeld betrachtet das Bild sorgfältig. »Es könnte eine gut gemachte Montage sein. Dadurch, dass der Fotograf von schräg oben fotografiert hat und die beiden Personen auf einem Rasen sitzen, lässt sich der Ort der Aufnahme nicht ermitteln.«

»Aber wie sollte der Fotograf an das Bild von Gunnar Neuhaus gekommen sein. Das Hemd, das Gunnar trägt, habe ich nie an ihm gesehen. Die Klamotten, die ich trage, kenne ich allerdings auch nicht.«

»Man könnte Sie ihnen angezogen haben, aber ich denke, man hat zwei uns unbekannten Männern einfach ihren Kopf und den von Gunnar Neuhaus aufgesetzt. Das ist technisch kein Problem. Abgesehen davon hätte man Sie gestern im Dunkeln nicht auf Rasen fotografieren können. Die Grübeleien über das Bild bringen uns nicht weiter.« Mühlenfeld sieht Kaltenbach an. »Sie sind sich aber nach wie vor sicher, in der vergangenen Nacht in diesem Haus gewesen zu sein?«

»Hundertprozentig, ich erinnere mich an alles, an das spießbürgerliche Ambiente genauso wie an die Nippesfiguren und an Paula Hansen und ihr Muttermal auf der linken Brust.«

Mühlenfeld startet seinen Wagen. »Also auf, wir verschwenden hier nur unsere Zeit. Sollten Sie mit dem Muttermal recht behalten, hätte Frau Hansen ein Problem.«

Kaltenbach wartet auf dem Flur des Syker Polizeireviers, während Mühlenfeld Paula Hansen vernimmt. Als der Hauptkommissar Kaltenbach schließlich in sein Büro bittet, kommt er ohne Umschweife zum Thema. »Frau Hansen hat kein Muttermal auf der Brust. Außerdem hat sie noch einmal betont, sie hätte das Foto, das Sie in den Armen von Gunnar Neuhaus zeigt, nie gesehen. Das Gleiche gilt für das Bild, das auf dem Sideboard gestanden haben soll und auf dem Sie und Neuhaus angeblich mit Ihrer Lebensgefährtin Petersen zu sehen sind.« Mühlenfeld blickt Kaltenbach in die Augen. »Wir kennen uns inzwischen ein paar Tage und ich darf wohl sagen, wir haben uns schätzen gelernt. Aber hier steht Aussage gegen Aussage und für Paula Hansen spricht das fehlende Muttermal. Frau Hansen hat zudem zugestimmt, ihr Wohnzimmer und ihren Eingangsbereich, also die Räume, in denen Sie sich nach eigener Aussage aufgehalten haben wollen, auf Fingerabdrücke von Ihnen untersuchen zu lassen.« Mühlenfeld kratzt sich wieder neben seiner Warze. »Wenn ich Ihnen einen Rat geben darf, halten Sie sich mit Aussagen über den Abend zurück, sonst riskieren Sie eine Anzeige wegen übler Nachrede.«

Vor dem Polizeirevier startet Kaltenbach seinen Wagen, macht ihn aber kurz entschlossen wieder aus. Er lehnt sich zurück und beschließt, zunächst den gestrigen Abend und den heutigen Morgen Revue passieren zu lassen. Er weiß, dass er das Muttermal gesehen hat. Da es weg ist, war es aufgemalt. Welch ein Aufwand, alles nur, um mich lächerlich zu machen, denkt Kaltenbach. Oder will man mich in den Wahnsinn treiben? Wie lange bin ich schon der Protagonist in diesem Spiel? Seitdem jemand Maren Fotos von Brigitte und mir mailt? Gehört der Auftritt im Sellingsloh auch zu diesem Spiel? Der verschwundene Wein, die Musik in der Nacht, der alte Mann, der Maren verfolgt? Das Foto, das er auf Gunnars Grab und auf dem Sideboard in Gunnars angeblichen Haus gesehen hat? Oder hat alles schon mit Hillers Briefen angefangen, mit seinen sehnsüchtigen Blicken, mit denen er Maren von der Straße aus verfolgt hat. Hiller ist krank, wäre er überhaupt in der Lage, all dies zu inszenieren? Oder kann es sein, dass ich mir, wie Hiller gesagt hat, noch andere Feinde gemacht habe? Aber wen? Vielleicht bilde ich mir alles nur ein, kann nicht mehr zwischen Realität und Einbildung unterscheiden? Bin ich auf dem Weg, auf dem mich jemand haben möchte?

Markus Sandman und Maren Petersen sitzen mit ernsten Gesichtern im Wohnzimmer. Maren hat die Arme um ihren Oberkörper geschlungen, als friere sie trotz der hochsommerlichen Temperaturen.

»Was ist denn mit euch los?« Kaltenbach blickt die beiden irritiert an. »Hat etwa Mühlenfeld angerufen und von dem Desaster berichtet?« Da Sandman und Maren ihn fragend ansehen, erzählt Kaltenbach jedes Detail.

Danach herrscht minutenlang Schweigen, bis sich Maren Sandman zuwendet. »Markus, bitte bring Clemens auf den neusten Stand.«

Sandman räuspert sich. »Maren hat mich gebeten, die Unterschriften auf den beiden Briefen, die angeblich von Gunnar Neuhaus stammen, mit einer Schriftprobe von ihm vergleichen zu lassen, sie also einer Schriftvergleichung zu unterziehen, wie es in der Kriminalistik so schön heißt. Nach Auffassung des Schriftsachverständigen, der die forensische Handschriftenuntersuchung durchgeführt hat, entspricht die Schrift auf den Briefen der von Gunnar Neuhaus. Diese Aussage ist allerdings nicht hundertprozentig sicher. Es ist aber auch mit einem Füller unterschrieben worden, wie ihn Neuhaus bei besonderen Anlässen benutzt hat, was aber ebenfalls keine unumstößliche Schlussfolgerung zulässt.« Er schaut Kaltenbach an. »Persönlich tippe ich darauf, dass sich jemand Mühe gegeben hat, die Unterschrift von Neuhaus zu trainieren, denn er selbst ist nun mal erwiesenermaßen umgebracht worden.«

Kaltenbach hebt resignierend die Arme. »Ich weiß nicht, was ich noch glauben soll. Ich komme mir vor wie eine Figur in einem Theaterstück, der es unmöglich gemacht wird, hinter die Kulissen zu schauen.« Er blickt Sandman an. »Markus, ist der Schriftsachverständige vertrauenswürdig?«

»Bleib mal auf dem Teppich, Clemens, was mit Maren und dir zurzeit geschieht, setzt euch sicherlich sehr zu, aber du glaubst doch wohl nicht, dass unser Schriftsachverständiger gemeinsame Sache mit Hiller macht? Das wäre ja absurd. Und komm mir nicht mit der Theorie, Neuhaus sei von den Toten auferstanden. Das hat bisher erst einer geschafft.« Sandman steht auf. »Sorry, ich habe gleich eine Besprechung. Hiller habe ich für morgen Vormittag vorgeladen. Ich halte euch auf dem Laufenden.«

Dienstag, 19. Juli

Kaltenbach legt den Telefonhörer auf und dreht sich enttäuscht zu Maren Petersen um. »Markus hat nichts aus Hiller rausgekriegt. Er streitet ab, die Briefe geschrieben und die Unterschriften gefälscht zu haben. Für Sonntagabend hat er ein Alibi, kommt dafür also auch nicht infrage. Es sei denn, das Alibi ist falsch. Die Polizei wird ihn aber weiter im Auge behalten.« Kaltenbach lässt sich auf das Sofa plumpsen. »Wir stecken fest. Wo könnten wir noch ansetzen?«

Maren wischt eine Locke aus ihrem Gesicht. »Wir müssen herausfinden, woher Hiller die Fotos von Gunnar hat.« Sie fasst sich mit der Hand an die Stirn. »Dass wir da nicht eher drauf gekommen sind: Hiller hat uns die Bilder geklaut, hier aus der Wohnung.« Sie springt auf. »Ich sehe mal nach.« Nach einer Minute kommt sie zurück. »Eine DVD mit Fotos fehlt. Da sind hauptsächlich Bilder von Gunnar drauf. Die DVD ist entsprechend beschriftet und war somit leicht zu finden.«

Das Telefon läutet. Die wütende Stimme von Hiller, der sich nicht einmal mit Namen meldet, dröhnt Kaltenbach ins Ohr. »Was bilden Sie sich ein, Kaltenbach, mir die Polizei auch noch wegen Urkundenfälschung auf den Hals zu hetzen? Ich verlange eine Aussprache und eine Entschuldigung. In einer Stunde am Grab von Gunnar Neuhaus.«

»Was soll das werden, Hiller? Warum soll ich mich mit Ihnen treffen, Sie streiten doch sowieso alles ab? Und warum auf dem Friedhof?«

Hiller lacht auf. »Haben Sie Angst vor mir oder vor Ihrem besten Freund, den Sie in den Tod getrieben haben, damit Sie sich Maren angeln konnten, als sie seelisch aus dem Gleichgewicht geraten war? Keine Sorge, Gunnar Neuhaus wird schon nicht aus dem Grab steigen. Also los, mittags können wir auf dem Friedhof in Ruhe reden. Die Muttis, die jeden Tag ihre toten Männer begießen, sitzen jetzt zu Hause vor ihrem Süppchen. Es ist Zeit für ein Gentlemen's Agreement.«

Kaltenbach will antworten, aber Hiller hat aufgelegt.

Auf der Fahrt nach Verden verdunkelt sich der Himmel. Kaltenbach ärgert sich, weil er keinen Regenschirm mitgenommen hat. Er steigt auf dem kleinen Parkplatz, der direkt an der Lindhooper Straße liegt, aus seinem Wagen und schaut nach oben. Über dem Waldfriedhof hängen schwarze Wolken. Unschlüssig bleibt er stehen. Soll er sich wegen Hiller klitschnass regnen lassen und sich eine Erkältung holen? Anderseits macht er sich lächerlich, wenn er vor ihm kneift. Kaltenbach tastet mit der Hand instinktiv nach seiner Waffe, aber die ist ja verschwunden. Er gibt sich einen Ruck. Die verzinkte Friedhofstür öffnet er ganz vorsichtig und hebt sie dabei etwas an, damit sie nicht quietscht. Ebenso leise schließt er sie wieder. Er schaut auf seine Armbanduhr, die vereinbarte Stunde ist gleich rum. Dennoch entscheidet er sich für einen Umweg zu Gunnars Grab. Vielleicht bietet sich die Gelegenheit, Hiller erst einmal zu beobachten, um einschätzen zu können, ob der Stalker einen ruhigen oder aggressiven Eindruck macht oder sogar mit einer Waffe in der Hand auf ihn wartet?

Eine heftige Böe fegt über den Friedhof und lässt die Äste der hohen Bäume um sich schlagen, als wollten sie die bösen Geister vertreiben, die für die Naturgewalten verantwortlich sind. Der Regen kommt ansatzlos, begleitet von einem krachenden Donnerschlag. Es schüttet wie aus Kübeln, Kaltenbach ist innerhalb von Sekunden durchnässt. Fluchend geht er weiter und weicht den Pfützen aus, die sich überall auf den Wegen bilden. Umzukehren macht sowieso keinen Sinn mehr. Am hinteren Ende des Friedhofs angekommen, schaut er vorsichtig an einer Konifere vorbei zu Gunnars Grab hinüber. Hiller steht wie ein begossener Pudel davor und wippt auf seinen Füßen. Sieht nicht so aus, als wolle er sich gleich auf mich stürzen, denkt Kaltenbach und geht seinem Widersacher entgegen.

Hiller wendet ihm ein unfreundliches Gesicht zu.»Ich dachte schon, Sie wollten kneifen.«

Kaltenbach verzichtet darauf, Hiller die Hand zu reichen. »Einen Grund dafür, Sie zu versetzen, hätte ich ja. Einfach aufzulegen ist nicht die feine Art. Aber dafür sind Sie ja sowieso nicht bekannt, zumindest nicht, wenn es um Frau Petersen geht.«

»Frau Petersen. Wie sich das aus Ihrem Munde anhört. Ich bin mit Maren per du. Diese Info für den Fall, dass Sie das noch nicht wissen sollten.«

Kaltenbach wischt sich mit der Hand über seine hohe Stirn, um das Regenwasser von seinen Augen wegzuleiten.»Kommen Sie zur Sache, Hiller, ich habe nicht vor, mich hier stundenlang begießen zu lassen. Also, warum wollten Sie mich treffen?«

»Sie haben mich bei der Polizei angeschwärzt wegen angeblich gefälschter Unterschriften, das ist eine bodenlose ...«

Kaltenbach unterbricht ihn mit einer Handbewegung. »Ich bin längst darüber informiert, dass Sie alles abstreiten.«

»Sie glauben mir also nicht?« Hillers Worte gehen im Donner unter, der über den Friedhof rollt und von Blitzen begleitet wird.

»Was haben Sie gesagt?«

»Ich sagte, Sie glauben mir nicht.«

Kaltenbach nickt anerkennend. »Wenn Sie recht haben, haben Sie recht. Aber wir haben uns doch nicht hierher bemüht, um im strömenden Regen über diese Frage zu streiten? Hatten Sie nicht etwas von einem Gentleman's Agreement gesagt.«

Hiller schüttelt sich in seiner Jacke, als könne er dadurch die Nässe vertreiben. »Ich muss eines klarstellen: Ich werde nie von Maren lassen. Das kann ich einfach nicht. Ich muss sie haben, koste es was es wolle. Nachts träume ich von ihr und bin ganz enttäuscht, wenn ich wach werde und merke, dass alles nur Wunschdenken war. Sollten Sie genauso an Maren hängen, wäre ein Dauerstreit programmiert.« Hiller zwingt ein falsches Lächeln in sein Gesicht. »Das möchten wir doch beide nicht, oder?«

Kaltenbach schüttelt den Kopf. »Haben Sie schon mal darüber nachgedacht, was Maren von der ganzen Sache hält? Ihnen müsste doch klar sein, dass sie nichts mit Ihnen zu tun haben will, das hat sie Ihnen doch selbst gesagt.«

»Schon mehrmals.« Hiller winkt ab. »Sie ist noch nicht so weit. Das kommt noch.«

Kaltenbach muss sich beherrschen, nicht in Hillers Visage zu schlagen. »Sie sind krank, lassen Sie sich endlich behandeln. Es gibt bestimmt Ärzte, die Ihnen helfen könnten.«

Das bösartige Lächeln in Hillers Gesicht macht einem mitleidigen Ausdruck Platz. »Sie schätzen den Ernst der Lage falsch ein. Es geht um Leben oder Tod. Wenn es sein muss, werde ich uns alle töten. Das habe ich Maren schon mehrmals versprochen. Denn auf einer Welt ohne Maren gäbe es für mich nichts mehr von Wert. Ebenso wenig auf einer Welt, auf der Maren unerreichbar neben mir existieren würde.«

Kaltenbach ballt seine Hände zu Fäusten. »Ich gehe, bevor ich die Beherrschung verliere.«

»Seien Sie nicht albern, wir werden uns wohl noch von Mann zu Mann unterhalten können, ohne uns gleich ans Leder zu gehen? Ich biete Ihnen fünfzigtausend Euro, wenn Sie aus Marens Leben verschwinden. Damit hätten Sie viel Geld und könnten sich mit Brigitte Bunk trösten. Mit der Frau können Sie sich doch auch sehen lassen.«

Der nächste Donner und ein starker Blitz lassen Kaltenbach zusammenzucken. Er fängt sich aber gleich wieder. »Machen Sie´s gut Hiller, und lassen Sie nichts mehr von sich hören. Ich bin Ihre Spielchen leid. Und ich warne Sie: Aus meiner Zeit als Polizeireporter kenne ich Leute, die sich schon für wenige Euro gern mal die Hände schmutzig machen.«

»Ich sage doch, Sie nehmen mich nicht ernst.« Hiller fasst unter seine Jacke. »Ich könnte Sie schon jetzt töten. Ohne Zeugen. Bei dem Wetter sind wir mit Sicherheit die Einzigen auf dem Friedhof.« Seine Hand kommt mit einer Pistole wieder hervor.

Kaltenbach reagiert, bevor Hiller die Waffe entsichern kann, tritt ihm zwischen die Beine und zieht ein Knie hoch, als sein Gegner nach vorn knickt. Die Pistole gleitet Hiller aus der Hand. Sie fällt aber so, dass er sie trotz seiner schmerzverzerrten Haltung wieder greifen kann. Kaltenbach dreht sich um und läuft weg. Bei dem Versuch, im Zickzack zu laufen, um Hiller ein schlechtes Ziel zu bieten, rutscht er auf dem matschigen Waldboden aus und schlägt der Länge nach hin. Kaum ist er wieder auf den Beinen, knallt ein Schuss. Kaltenbach wirft sich wieder in den Matsch, begreift schon beim Fallen, wie unsinnig diese Reaktion ist, springt erneut auf und rennt um sein Leben. Vergebens wartet er auf den zweiten Schuss, wagt aber nicht, seinen Lauf zu unterbrechen und sich umzuschauen. Der Regen hat nachgelassen, aber nun schleudern die sich im Sturm windenden Bäume ihre nasse Last auf ihn. Kaltenbach stolpert über eine Baumwurzel, die quer über dem Weg aus dem Boden ragt, kann sich aber fangen. Er reißt die verzinkte Friedhofstür auf und lässt sie hinter sich laut zufallen. Bloß weg von hier, Hiller kann jeden Moment hinter ihm stehen. Er will seinen Wagen aufschließen, dabei fällt ihm der Autoschlüssel runter. Er greift ihn aus dem Matsch, öffnet das elektronische Schloss, springt in den Wagen, fährt los ohne sich anzuschnallen und biegt, ohne auf den Verkehr zu achten, stadteinwärts auf die Lindhooper Straße ein. Ein aus Richtung Kirchlinteln kommender Wagen kann gerade noch ausweichen. Der Fahrer malträtiert seine Hupe. Kaltenbach lässt sich dadurch nicht davon abhalten, das andere Fahrzeug zu überholen, und nimmt das nächste Hupkonzert in Kauf. Er schafft es, die Kreuzung am Berliner Ring bei Grün zu passieren. Erst in der Stadtmitte, auf dem Anita-Augspurg-Platz, fährt er in eine Parklücke. Auch sein

Smartphone gleitet ihm aus der Hand. Er tastet unter dem Sitz danach, muss aussteigen, um es zu fassen zu kriegen. Schließlich sinkt er wieder auf den Sitz und wählt die Notrufnummer.

Kriminalhauptkommissar Jens Novak betritt den Vernehmungsraum. Das Rattengesicht hat mir gerade noch gefehlt, denkt Kaltenbach. Mit seinen toupierten Haaren macht Novak auf ihn einen unreifen Eindruck.

Der Hauptkommissar setzt sich Kaltenbach gegenüber an den Tisch, ohne ein Wort der Begrüßung fallen zu lassen. Die Antipathie ist eben gegenseitig. »Dieses Mal kriege ich Sie dran, Kaltenbach.« Novak bleckt seine Zähne, die den rattenähnlichen Eindruck seines schmalen Gesichts maßgeblich mit prägen.

Kaltenbach kommen Novaks Beißer noch länger vor, als vor zwei Jahren. Damals wollte ihm der Hauptkommissar den Mord an Gunnar in die Schuhe schieben. »Was soll Ihr Gerede, Novak? Ich bin hier, um eine Aussage zu machen.«

»Schöne Idee, klappt aber nicht.« Novak lehnt sich vor. »Sie sind vorläufig festgenommen, wegen des dringenden Verdachts, Björn Hiller ermordet zu haben.«

»Was für ein Schwachsinn. Hiller hat auf mich geschossen, haben Sie das nicht verstanden? Ist er etwa tot?«

Novak blickt Kaltenbach mitleidig an. »Kopfschuss aus zwei bis drei Meter Entfernung. Die Tatwaffe lag neben der Leiche. Eine SIG Sauer. Dreimal dürfen Sie raten, wessen Fingerabdrücke wir auf der Waffe gefunden haben?«

Die Hitze, die in Kaltenbach aufsteigt, treibt ihm Schweiß aus den Poren. »Okay, ich hatte mal eine SIG Sauer.«

»Waffenschein?«

Kaltenbach schüttelt den Kopf. Dass ihm gerade Novak das Tragen einer Pistole ohne Waffenschein nachweisen kann, geht ihm total gegen den Strich.

Novak schaltet das Aufnahmegerät ein, das auf dem Tisch steht. »Vernehmung Clemens Kaltenbach in der Mordsache Björn Hiller. 18. Juli, 15 Uhr 37. Anwesend sind der zu Vernehmende sowie Kriminalhauptkommissar Jens Novak. Herr Kaltenbach, Sie müssen nichts sagen, was Sie selbst belasten würde, und Sie können jederzeit einen Anwalt hinzuziehen. Wenn Sie aussagen, kann dies später gegen Sie verwendet werden.« Er sieht Kaltenbach an. »Herr Kaltenbach, bitte schildern Sie den Hergang auf dem Waldfriedhof, der zum Tod von Björn Hiller geführt hat.«

Kaltenbach schildert sachlich das Gespräch mit Hiller bis zu dem Moment, als der nach seiner auf dem Boden liegenden Pistole gegriffen hat. »Was zu seinem Tod geführt hat, entzieht sich meiner Kenntnis. Wie gesagt, war er noch quicklebendig, als ich weggelaufen bin.«

Novak rümpft die Nase. »Sie behaupten also, Sie seien geflohen, Hiller habe auf Sie geschossen und weil er nicht getroffen hat, hat er sich selbst gerichtet?«

»So krank wie der Mann gewesen ist, möchte ich das nicht ausschließen. Wie auch immer: Die Pistole, die Hiller gezogen hat, war keine SIG Sauer.«

»Wir haben aber nur die SIG Sauer gefunden und darauf sind ausschließlich Ihre Fingerabdrücke.«

Kaltenbach sitzt ganz ruhig auf seinem Stuhl, versucht, Gelassenheit auszustrahlen. »Das mag sein, aber Sie sollten bei der Beurteilung der Situation die Vorgeschichte berücksichtigen.«

Novak schaltet das Aufnahmegerät aus. »Jetzt mal außerhalb des Protokolls. Mich interessiert Ihre Vorgeschichte nicht und ich lasse mich ungern verarschen. Ist das klar?« Er schaltet das Gerät wieder ein. »Sie wollen sich doch herauswinden, Herr Kaltenbach. Wenn Sie kooperieren und ein Geständnis ablegen, könnte sich das strafmildernd für Sie auswirken.«

Kaltenbach beugt sich über den Tisch, um näher an das Aufnahmegerät zu kommen. »Hauptkommissar Novak ist mir gegenüber voreingenommen. Eben hat er das Band angehalten und versucht, mich einzuschüchtern. Zurück zum Fall Hiller: Es gibt immer eine Vorgeschichte, sonst wäre Hiller nicht tot. Selbst wenn ich der Täter wäre, hätte ich Hiller nicht ohne Vorgeschichte umgebracht. Weitere Aussagen mache ich nur gegenüber einem Beamten, der bereit ist, mir zuzuhören. Außerdem möchte ich telefonieren.« Er schaut auf seine Uhr. »15 Uhr 56. Ende der Vernehmung von Clemens Kaltenbach im Mordfall Björn Hiller.« Er drückt die Stopptaste und schenkt Novak ein Lächeln, der puterrot anläuft.

In Gedanken setzt er das nächste Häkchen in sein Drehbuch. Sieht man mal davon ab, dass er nicht mehr in die Wohnung kommt, was er schon früher befürchtet hatte, läuft alles nach Plan. Er ist gespannt, ob sich seine Gegenspieler weiterhin so verhalten werden, wie es sein Drehbuch vorschreibt. Bisher waren ihre Reaktionen leichter vorherzusehen, zumal es schlüssig war, sich auf diesen erbärmlichen Stalker als Verdächtigen zu konzentrieren. Insofern kann er ihnen diesen Fehler nicht einmal verübeln. Aber nun ist Hiller mausetot und das Spiel geht in die nächste Runde. Wie werden die Protagonisten reagieren, jetzt, da sie keinen greifbaren Gegner mehr haben? Auf ihn werden sie nie kommen. Wie sollten sie auch, schließlich existiert er gar nicht.

Jens Novak ist deprimiert. Mit hängenden Schultern weicht er den Blicken von Kaltenbach und Werner Schlüter aus. Der Anwalt, den Maren Petersen besorgt hat, hat ein Schreiben der Bremer Kripo vorgelegt, in dem Hauptkommissar Markus Sandman bestätigt, Kaltenbach habe ihn schon gestern über die verschwundene Waffe informiert, er habe aber vergessen, nach dem Waffenschein zu fragen. Darüber hinaus hat Maren ausgesagt, dass Hiller angerufen und Kaltenbach um das Gespräch gebeten habe. Zu allem Überfluss, aus Novaks Sicht, ist dann auch noch vom Verdener Polizeipräsidenten der Hinweis gekommen, dass die Bremer Kripo bereits an dem Stalking-Fall Hiller arbeite und er, Novak, sich nicht ein zweites Mal in etwas verrennen solle, das Kaltenbach betrifft. »Sie können gehen, Herr Kaltenbach. Halten Sie sich aber bitte zu unserer Verfügung«, verabschiedet sich Novak mit trotzigem Gesicht.

»Auf Nimmerwiedersehen«, raunt Kaltenbach dem Hauptkommissar im Vorbeigehen zu. Vor dem Verdener Polizeipräsidium bedankt er sich bei seinem Anwalt und geht zu Maren, die in ihrem Auto auf ihn wartet.

»Markus ist sauer, du hättest ihn besser gestern über die verschwundene Pistole informiert. Er riskiert viel, wenn er falsch für dich aussagt.«

»Das ist mir auch sehr unangenehm und tut mir ehrlich leid. Spricht er nicht mehr mit mir?«

»Im Gegenteil, er wird dir gleich die Leviten lesen. Wir sind nämlich heute bei den Sandmans zum Essen eingeladen.« Maren sieht ihm in die Augen. »Es ist noch nicht vorbei, oder?«

»Wenn du mich fragst, fängt es erst an.«

Kaltenbach überreicht Markus Sandman gleich an der Tür des Reihenhauses in der Heinrich-Böll-Straße die Flasche Lagavulin, die er als Reserve gehortet und in eine Klarsichtfolie eingeschlagen hat.

Der Hauptkommissar, der wegen seiner Größe leicht gebückt geht, als hätte er Angst, sich den Kopf zu stoßen, grinst Kaltenbach an. »Das schlechte Gewissen persönlich beehrt uns durch seinen Besuch.«

»Die Sache mit der Pistole ist mir sehr peinlich, Markus, das kannst du mir glauben.«

Sandman, der seinen Namen hinten mit einem N schreibt, weil seine Vorfahren aus England stammen, hebt die Flasche hoch. »Du hast es dir ja richtig was kosten lassen. Aber das nutzt dir alles nichts, jetzt habe ich bei dir einen gut.« Damit spielt der Kriminalhauptkommissar darauf an, dass Kaltenbach für ihn einmal vor Gericht falsch ausgesagt hat, nachdem Sandman einem Kinderschänder, der ihn bei der Festnahme verhöhnt hatte, beide Arme gebrochen hatte. Durch seinen damaligen Job als Polizeireporter konnte Kaltenbach die Festnahme beobachten.

Sandmans Frau Frederike, die ihre Haare wie fast immer zu einem Pferdeschwanz gebunden hat, umarmt ihre Besucher im Flur. Kaltenbach mag seine Arme nur locker um ihren Körper legen, der sich noch dürrer anfühlt als der von Maren.

»Nett, dass ihr trotz des ganzen Stresses kommen konntet. Wenn ihr nichts dagegen habt, warten wir noch mit dem Essen und trinken erst einmal einen Prosecco.«

Sie setzen sich auf die Terrasse. Sandman zeigt auf den wolkenlosen Himmel. »In Findorff wohnen bloß nette Menschen, deshalb haben wir hier immer schönes Wetter. Er füllt die Gläser und prostet seinen Gästen zu. »Was denkt ihr, wer hinter euren Problemen stecken könnte? Hiller war, wie wir nun definitiv wissen, die falsche Spur.«

Maren Petersen schüttelt den Kopf. »Nicht nur, er hat mich nach wie vor verfolgt, bedrängt und sogar gedroht, Clemens und mich zu töten.«

»Bis jemand ein Einsehen hatte, und Hiller liquidiert hat«, ergänzt Kaltenbach. »Hiller tut mir nicht leid. Ich hätte ihn gern schon früher im Jenseits gesehen.«

Maren fährt mit den Händen durch ihre dichten Haare. »Ehrlich gesagt, bin ich auch froh, dass er tot ist. Andererseits war er ein fester Bezugspunkt für meine Ängste, der mir fehlen wird.«

Frederike Sandman bittet zu Tisch. Sie serviert eine Blumenkohlsuppe. Sandman entkorkt eine Flasche trockenen Riesling. »Habt ihr denn gar keine Idee, wer hinter den ganzen unerklärlichen Vorfällen stecken könnte? Wenn sich jemand so viel Mühe gibt, euch in Panik zu versetzen, dann muss es für diese Person um ernste Gefühle gehen. Ich denke da an Rache und abgrundtiefen Hass.«

»Wer sollte das denn sein?«, fragt Maren. »Für mich kann ich behaupten, niemanden Anlass dafür gegeben zu haben.«

Sandman schenkt Weißwein nach. »Denk doch an Stevens, Maren. Dem hast du das Gesicht und die Hoden zertreten. Wer weiß, vielleicht ist er dadurch im Gesicht entstellt oder impotent?« Er legt ihr eine Hand auf den Arm. »Keine Sorge, er sitzt noch hinter Schloss und Riegel und wird wegen der besonderen Schwere seiner Taten nie wieder das Licht der Freiheit erblicken. Was ich aber damit sagen will, ist, dass ihr noch einmal darüber diskutieren solltet, wem ihr zu hart auf die Füße getreten sein könntet.«

»Gleich kommt der Hauptgang«, ruft Frederike Sandman auf die Terrasse. Maren steht auf, um ihr beim Auftischen zu helfen. »Wie sieht es bei dir aus, Clemens?«, fragt Sandman. »In deiner Zeit als Polizeireporter hast du dir doch bestimmt Feinde gemacht.«

»Nicht das ich wüsste. Ich habe bestimmt nicht nur Freunde gewonnen, aber auch nicht gerade Feinde.«

»Auffällig ist das sehr spezielle Verhalten des Täters.« Sandman fummelt mit den Fingern in seinem Vollbart herum, den er mal wieder stutzen könnte. »Ein Typ wie Stevens würde nicht den Aufwand treiben, aus eurer Wohnung Dinge verschwinden zu lassen oder dich in ein Haus zu locken, bloß um dir K.-o.-Tropfen zu verpassen. Er würde entweder gar nichts tun oder Maren auflauern und sie zusammenschlagen, eventuell sogar töten. Betrachtet man dagegen das Verhalten eures Täters, sieht es so aus, als hätte er etwas gegen euer Verhältnis, als wolle er einen Keil zwischen euch treiben. Deshalb initiiert er mysteriöse Vorkommnisse, die euch gegeneinander aufbringen oder euch verunsichern sollen. Das heißt, der Täter ist an sich nicht böse, sondern von eurem Verhalten schwer enttäuscht.«

»Aber warum hat er Hiller umgebracht?«, fragt Kaltenbach.

»Hiller könnte dem Täter zuerst genutzt haben, um von sich abzulenken, könnte ihm dann aber im Wege gewesen sein, zumal der Täter Maren und dich für seine Rache alleine haben möchte. Das nehme ich zumindest an. Hiller dürfte ihm zuletzt zu sehr dazwischengefuscht haben.«

Maren schaut durch die Tür. »Ich habe mitgehört. So wie du den Täter schilderst, Markus, könnte man denken, es würde tatsächlich Gunnar hinter diesem Plan stecken. Außer ihm käme nach meiner Meinung niemand infrage. Diskutiert ruhig weiter, ich muss Frederike helfen.«

»Wir sollten darüber nachdenken, wer Gunnar gekannt hat und außerdem persönlich etwas gegen uns haben könnte.« Kaltenbach kratzt sich am Kinn. »Wenn mich jemand hassen könnte, wäre es mein ehemaliger Chefredakteur Sondermann. Wie du weißt, habe ich ihn im Verlag niedergeschlagen, weil er sich abfällig über den damals gerade ermordeten Gunnar geäußert hatte. Mein Faustschlag und mein darauf folgender Rausschmiss aus dem Verlag durch Sondermann haben sich schnell in der Szene herumgesprochen. Aber auch seine abfälligen Worte über Gunnar, der sein Mitarbeiter war. Deshalb musste auch Sondermann gehen. Ich habe keine Ahnung, was er heute macht, könnte mir aber vorstellen, dass er im journalistischen Bereich nie mehr auf die Beine gekommen ist. Ich dagegen bin heute wieder fest beim Bremer Tageskurier angestellt.«

Maren kommt mit zwei großen Platten auf die Terrasse. »Lasst uns beim Essen bitte nicht über Probleme reden. Wir sollten uns eher fragen, ob Clemens solch ein leckeres Essen verdient hat?«

»Was gibt´s denn Gutes?«

»Doradenfilet auf Gemüse mit Baguette.«

»Frederike, du bist ein Schatz, du weißt, was ich verdient habe.«

»Maren kocht dir bestimmt auch immer leckere Gerichte.«

Maren lacht. »Sag ja, Clemens Kaltenbach, sonst gibt es nur noch Pellkartoffeln mit Salz.«

»Wenn du nicht kochen könntest, hätte ich dich nicht geheiratet.«

Sandman blickt die beiden erstaunt an. »Habt ihr euch etwa heimlich getraut?«

»Davon weiß ich auch nichts«, antwortet Maren. »Das müsste Clemens wirklich heimlich gemacht haben.«

»Eine Hochzeit wäre doch schön«, mischt sich Frederike ein.

Markus Sandman hebt sein Glas. »Lass mal gut sein, Frederike. Das müssen die beiden doch selbst wissen. Guten Appetit.«

Kaltenbach kommt gleich nach dem Essen auf das alte Thema zurück. »Ich werde im Internet recherchieren, was Sondermann heute macht. Parallel dazu suche ich nach seinem Kumpel Dohrmann, der damals mit Brigitte Bunk liiert war.«

»Ich lasse die Namen auch durch die Polizeicomputer laufen. Man kann ja nie wissen.« Markus Sandman steht auf und hebt sein Glas. »Tut mir leid, dass ich feierlich werden muss. Ich hoffe, dies war nicht unser letztes gemeinsames Mal. Aber es könnte das letzte in diesem Haus gewesen sein. Ich habe mich in Nordrhein-Westfalen als Fachlehrer beim Polizeifortbildungsinstitut Neuss beworben und bin angenommen worden. Seht also zu, dass ihr eure Probleme ein für allemal loswerdet. Bald kann ich euch nicht mehr helfen und auch meinen schützenden Arm nicht mehr über euch halten.«

Mittwoch, 20. Juli

Sandman ruft Kaltenbach in der Redaktion an und teilt ihm mit, dass Dohrmann vor einem knappen Jahr Selbstmord begangen habe. Die Gründe seien unklar, weil er keinen Abschiedsbrief hinterlassen habe. Letztlich haben aber wohl sein beruflicher Niedergang und die Zwangsversteigerung seiner Eigentumswohnung zu dem Schritt geführt. Über Sondermann gäbe es dagegen keine Akte bei der Polizei.

Kaltenbach hat noch am vergangenen Abend im Internet nach Spuren von Sondermann gesucht, aber nur alte Einträge aus der Zeit gefunden, als Sondermann Chefredakteur beim Bremer Tageskurier gewesen ist. Es ist ihm nicht einmal gelungen, die aktuelle Adresse seines ehemaligen Vorgesetzten zu ermitteln. Heute Morgen hat er Brigitte Bunk nach ihrem Vorgänger gefragt, die meint, gehört zu haben, dass Sondermann Taxi fahre.

Kaltenbach ruft Wagner an und verabredet sich mit ihm um neunzehn Uhr am Hauptbahnhof. Sie wollen gemeinsam nach Sondermann suchen. Wagner nimmt er mit, weil er als Privatdetektiv ermitteln soll.

Am Bremer Hauptbahnhof herrscht reger Betrieb. Auswärtige aus dem Umland strömen in die Stadt oder fahren zurück. Auf dem Bahnhofsvorplatz hat Greenpeace einen Stand aufgebaut, um den sich zahlreiche Passanten versammelt haben. Kaltenbach wäre fast vor eine Straßenbahn gelaufen, nachdem er Sondermann in seinem Taxi erblickt hatte. Er deutet auf den Wagen, der in der Reihe der wartenden Taxis auf die dritte Position vorrückt. »Da ist er. Steig du neben Sondermann ein, wenn er vorn steht, du hast zu seiner Zeit noch nicht für den Tageskurier gearbeitet. Sobald du sitzt, steige ich hinten ein.«

Beim Anblick von Kaltenbach verwandelt sich Sondermanns Gesicht in eine hasserfüllte Fratze. »Was soll das werden? Steigen Sie aus, alle beide.«

»Nun mal langsam«, sagt Kaltenbach. »Soweit im weiß, gibt es eine Beförderungspflicht für Taxifahrer. Wir sind nicht betrunken und können auch bezahlen.« Er beobachtet Sondermann, ein Hüne von Gestalt, der trotz seiner scharfen Worte wie ein Häufchen Elend auf dem Fahrersitz hockt, als wäre jeglicher Lebenswille aus ihm gewichen.

»Was wollen Sie, Kaltenbach, sich an meinem Niedergang laben? Das haben Sie und die Bunk wirklich genial eingefädelt. Die Bunk hat einen steilen Aufstieg hinter sich und Sie sitzen wieder fest im Sattel. Mein Freund Peter Dohrmann hat nicht so viel Glück gehabt, er hat sich das Leben genommen. Weil die Bunk ihn verlassen und zusammen mit der Verlagsleitung dafür gesorgt hat, dass er, wie ich, beruflich kein Bein mehr auf die Erde kriegt. Vögeln Sie die Bunk wieder? Würde zu euch beiden passen.«

»Starten Sie endlich, Sondermann, sonst können Sie sich morgen keine Brötchen kaufen. Mir wäre es zwar lieber, Sie würden uns in einer Rikscha durch die Stadt ziehen, aber es ist mir auch so ein Vergnügen. Fahren Sie über den Wall durchs Viertel und über den Dobben zurück zum Bahnhof. Diese Strecke wiederholen Sie so oft, bis ich halt sage.«

Sondermann lässt den Wagen an. »Was sind Sie doch für ein Arschloch, Kaltenbach.«

Kaltenbach wendet sich an Wagner. »Hast du das gehört? Der Mann möchte wegen Beleidigung angeklagt werden, hat wohl zu viel Geld.«

»Du kannst ihm das ja durchgehen lassen, wenn er gesteht.« Wagner zieht eine Liste aus seiner Jackentasche. »Herr Sondermann, mein Name ist Jens Wagner, ich bin Privatdetektiv und ermittle im Auftrag von Herrn Kaltenbach in einigen mysteriösen Fällen. Da Sie, wie ich soeben feststellen durfte, Herrn Kaltenbach hassen, passen Sie in das Täterprofil.« Er hält die Liste hoch. »Ich möchte Sie bitten, mir für die aufgeführten Tage beziehungsweise Uhrzeiten nachweisbare Alibis zu nennen. Sie würden sich selbst einen Gefallen damit tun, zu kooperieren, denn in dem Fall könnten wir Sie, falls Sie nichts zu verbergen haben, von der Liste der Verdächtigen streichen. Weigern Sie sich aber, mit mir zusammenzuarbeiten, müsste ich die Polizei einschalten.«

Sondermann dreht sich zu Kaltenbach um und lacht ihm gehässig ins Gesicht. »Hat der Herr Kaltenbach auch seine Probleme? Ich muss sagen, das freut mich sehr. Darauf werde ich nach Dienstschluss ein paar Gläschen trinken.«

Kaltenbach zeigt nach vorn. »Passen Sie auf, wohin Sie fahren. Ich kann Ihre Verbitterung nicht verstehen, Herr Sondermann. Sie mit Ihrer Versessenheit, mich zu bestrafen, weil ich die Wahrheit über einen Ihrer Parteigenossen geschrieben habe, die Wahrheit, dass er seine Frau verprügelt hat. Nur deshalb haben Sie hinsichtlich der Story über die vermissten Jugendlichen unnötigerweise Druck gemacht und dadurch die Tragödie in Gang gesetzt, die zum Tod mehrerer Menschen geführt hat. Eine Entwicklung, an der Sie mitschuldig sind. Und uns beiden hat es den Job gekostet. Sie waren machtgierig und korrupt und haben die Ehre unseres Berufsstandes mit Füßen getreten. Dass Sie damit letztlich auf die Schnauze gefallen sind, geschieht Ihnen recht. Und lassen Sie mich raten: Ihr Parteifreund nutzt Ihnen auch nichts mehr?«

Sondermann fährt am Wall rechts ran, stellt den Motor ab und wendet sich an Wagner. »Zeigen Sie die Liste her.« Er schaut sich die Datumsangaben an. »Am letzten Sonntag hatte ich Dienst. Die anderen Daten muss ich nachschauen.« Er dreht sich um. »Hören Sie, Herr Kaltenbach, ich möchte nicht auch noch den Job als Taxifahrer verlieren. Deshalb schlage ich Folgendes vor: Herr Wagner kommt morgen um achtzehn Uhr in die Taxizentrale, wenn ich Dienstbeginn habe. Dort sehen wir meine Einsatzpläne durch. Ich möchte allerdings nicht, dass es aussieht, als würden Sie meine Alibis wegen einer möglichen Straftat überprüfen. Wir sagen, dass Sie mich verdächtigen, mit Ihrer Lebensgefährtin rumgemacht zu haben. Das würde gegenüber meinem Chef, so wie ich ihn einschätze, sogar für mich sprechen.«

Kaltenbach hat plötzlich Mitleid mit Sondermann. »Kein Thema, so machen wir das.« Er bezahlt für die Fahrt, wünscht Sondermann ein gutes Geschäft und schaut dem Taxi hinterher, bis es um die Ecke Richtung Viertel verschwindet. »Wie schnell kann man doch sehr tief fallen.«

»Was denkst du, Clemens, ist er unser Mann?«

»Nein, aus einem mächtigen, im Mittelpunkt stehenden Powertypen ist eine lahme, verbitterte Randfigur geworden. Er hätte gar nicht die Kraft und den Mumm, alles zu planen und durchzuziehen.«

»Heißt das, wir haben keine Spur mehr und sind mit unserem Latein am Ende?«

»Nicht ganz. Geh bitte morgen zur Taxizentrale und sieh dir Sondermanns Einsatzpläne an. Wenn er Alibis hat, können wir ihn als Verdächtigen sicher ausschließen. Danach treffen wir uns in Bruchhausen-Vilsen am Kurpark. Ich möchte mich auf dem Friedhof umsehen, und zwar an der Stelle, an der sich der Alte umgedreht hat, bevor er auf euch zugegangen ist.«

Wagner sieht ihn fragend an. »Was versprichst du dir davon?«

Kaltenbach zuckt die Schultern. »Erst einmal nichts Konkretes. Ich habe nun mal keinen anderen Ansatz.«

Donnerstag, 21. Juli

Kaltenbach sieht Wagner kommen und steigt aus seinem Wagen. Die Luft ist feucht, es hat erneut ein Gewitter gegeben. Sie gehen auf dem nassen Weg am Freibad vorbei zum Friedhof. Kaltenbach nervt, dass Wagner während der ganzen Zeit mit einem anderen Klienten telefoniert. Endlich schaltet er sein Smartphone aus.

»Was haben Sondermanns Einsatzpläne ergeben?«

»Er hat nicht an allen Tagen gearbeitet, an denen es bei euch Überraschungen gegeben hat. Aber er hatte beispielsweise Dienst und auch regelmäßige Fahrten, als du in der einen Nacht alleine zu Hause warst und auch als du hier in Bruchhausen-Vilsen betäubt worden bist.«

»Dann scheidet Sondermann definitiv als Täter aus. Ich kann mir auch nicht vorstellen, dass er eine andere Person für sich arbeiten lässt. Dafür fehlen ihm die finanziellen Möglichkeiten.« Kaltenbach winkt ab. »Also habe ich mal wieder die falschen Schatten verfolgt.«

Eine Windböe fegt durch die Bäume, die am Rand des Friedhofes stehen, und schüttelt Regentropfen von den Blättern auf die beiden einsamen Gestalten herab. Jens Wagner deutet mit ausgestrecktem Arm nach vorn. »Da hinten ist es. Wo genau er stehengeblieben ist, kann ich nicht sagen.«

Kaltenbach geht zu der Stelle und schaut sich um. Überall gepflegte Gräber mit Namen auf den Grabsteinen, die ihm nichts sagen. Dann trifft er doch auf das Grab einer Bekannten, die er allerdings nie lebend gesehen hat. Hannah Schwenker. Es ist das einzige ungepflegte Grab weit und breit. Ihr Geld wollte die Familie haben, in die sie eingeheiratet hatte. Sie haben aber nicht mal genügend Anstand besessen, die kranke Frau in Ruhe sterben zu lassen, haben sie stattdessen in den Selbstmord getrieben. Und jetzt lassen Sie ihr Grab verkommen. Kaltenbach kann nur den Kopf schütteln.

»Nichts, oder?«, fragt Wagner.

»Noch gebe ich mich nicht geschlagen. Hat sich der Alte zufällig umgedreht, als er dich und Mehmet entdeckt hat, oder könnte er euch schon länger bemerkt haben?«

»Keine Ahnung.«

»Mensch, Jens, du musst den Mann doch im Blick gehabt haben.«

Wagner kratzt sich am Hinterkopf. »Wir haben uns darauf konzentriert, nicht aufzufallen.«

Kaltenbach dreht sich um die eigene Achse. »Unterstellen wir mal, der Alte hat euch vorher gesehen. Hätte er in dem Fall sofort kehrtgemacht?«

»Das käme darauf an. Wenn er an einer Stelle gestanden hätte, die wir ihm nicht zuordnen sollten, wäre er voraussichtlich erst einmal weitergegangen. Andernfalls hätte er sich gleich umgedreht.«

Kaltenbach blickt zurück. »Er hat den Friedhof aber an derselben Stelle betreten wie wir heute?«

Wagner nickt zustimmend.

Kaltenbach dreht sich um. »Suchen wir zunächst die Bereiche ab, an denen er vorbeigekommen ist, das dürfte einfacher sein.« Er inspiziert die Grabsteine jetzt genauer, schließt auch die in den angrenzenden Seitenwegen mit ein. Ohne Erfolg. »Also weiter in der anderen Richtung.«

Wagner räuspert sich. »Brauchst du mich noch dabei? Ich weiß nicht, wonach du suchst und kann dir daher sowieso nicht helfen.«

»Du glaubst nicht, dass das hier was bringt, stimmt´s?« Kaltenbach schaut auf seine Armbanduhr. »Mach Feierabend, alleine kann ich entspannter an die Sache herangehen, als wenn mich immer jemand zweifelnd ansieht.«

Kaltenbach setzt sich auf eine Bank und denkt über die Richtung nach, die der Alte auf dem Friedhof eingeschlagen hat. Die Wege sind hier rechteckig angelegt, sodass man immer wieder Haken schlagen muss, will man den Friedhof diagonal durchqueren. Aber das hatte der Alte wohl nicht vor, weil er weitgehend einem Querweg gefolgt ist. Kaltenbach öffnet auf seinem Smartphone eine Karte von Bruchhausen-Vilsen. Falls der Alte dieser Richtung gefolgt wäre, wäre er zur Bergstraße gekommen und von dort auch zur Straße AM VILSER HOLZ. Was nichts bedeuten muss, zumal er schon kurz nach dem Freibad links in das Vilser Holz hätte abbiegen und von dort auf dem kürzesten Weg zur Straße hochgehen können. Kaltenbach nimmt sich vor, den gedachten Weg des Alten weiterzugehen und sich die Grabsteine anzusehen. Kurz davor aufzugeben, fällt sein Blick auf ein Grab, dessen Stein fast mit Efeu zugewachsen ist, auf dem aber frische rote Rosen in einer Vase stecken. Das Grab sieht auch sonst gepflegt aus. ›ela Ha‹ kann er lesen. Ha wie Hansen? Er tritt auf die Steinplatte, die in der Mitte des Grabes liegt, und löst den Efeu an den Stellen, an denen er den Namen verdeckt. Gisela Hansen liegt hier begraben. Die Frau des Alten und Mutter von Paula Hansen, die laut eigener Aussage und der der Nachbarin mit ihrem Vater zusammenlebt?

»Maren, bist du dir absolut sicher, dass Gunnar keinen Bruder oder sogar Zwillingsbruder hatte?«

»Das müsste ich doch wissen, ich habe fünf Jahre lang mit Gunnar zusammengelebt, habe mehrmals seine Eltern besucht. Nie ist ein Bruder erwähnt worden. Wie kommst du überhaupt darauf?«

Kaltenbach lehnt sich in seinem Stuhl zurück. »Ehrlich gesagt, weiß ich nicht mehr, wo ich noch ansetzen könnte. Es ist so ein Gefühl und wäre immerhin ein neuer Aspekt. Das Wissen allein, dass der Alte vielleicht Hansen heißt und der Vater von Paula Hansen ist, bringt uns nicht wirklich weiter. Es muss ein Geheimnis hinter dieser Verbindung stecken, sonst hätte der Mann zum Beispiel nicht den Aufwand betrieben, dich bis München zu verfolgen. Der Alte hängt in der Sache mit drin, Paula Hansen sowieso, das liegt auf der Hand.«

»Und was willst du mit dieser Eingebung anfangen?« Sie geht zum Fenster und schaut hinaus. »Willst du etwa bei Paula Hansen klingeln und nach Gunnars Bruder fragen? Sie wird dir nichts sagen.«

»Bleib bitte abends vom Fenster weg, Maren.«

Sie setzt sich wieder. »Ruf morgen Markus an. Er wird dir den Gefallen tun, nach Geburtsurkunden oder Einträgen in Kirchenbüchern zu suchen. Bestimmt kommt er schneller an solche Informationen heran.«

»Hast du keine Geburtsurkunde von Gunnar?«

»Nein, die haben wir nie gehabt. Gunnar hat gesagt, sie sei verloren gegangen. Wenn ich darüber nachdenke, finde ich es schon merkwürdig, dass er nie versucht hat, sich eine neue zu besorgen.«

Freitag, 22. Juli

Kaltenbachs Smartphone klingelt. »Hallo, Clemens, Markus hier. Ich maile dir gleich eine Kopie von Neuhaus´ Geburtsurkunde.«

»Danke, Markus.«

Kaltenbach setzt sich vor seinen PC. Nervös trommelt er mit den Fingern auf dem Tisch herum. Maren könnte auch mal wieder erscheinen. Sie hat einen Kundentermin, der längst beendet sein müsste. Er ist sich im Klaren darüber, dass er langsam Gefahr läuft, durchzudrehen. Die Mail kommt. Kaltenbach öffnet den Anhang, Gunnars Geburtsurkunde, und klatscht in die Hände. Gunnar ist zu Hause geboren worden. Der Name der Hebamme steht auf der Urkunde: Monika Ostertag.

In der Hoffnung, die Frau lebe noch, googelt Kaltenbach ihren Namen. Er findet hier in der Region nur eine Monika Ostertag, wohnhaft in einem Altenheim in Verden. Immerhin, das könnte sie sein. Da Gunnar, lebte er noch, inzwischen neununddreißig Jahre alt wäre, hat Kaltenbach sowieso damit gerechnet, auf eine alte Frau zu treffen.

Samstag, 23. Juli

Maren Petersen blickt von der Zeitung auf. »Was ich mache? Ich suche für uns eine neue Wohnung. Wir haben jetzt genug Geld, um uns etwas Eigenes kaufen zu können. Und ich will hier so schnell wie möglich weg, Clemens, das weißt du.«

»Lass mich raten: Du hast schon was Konkretes im Auge?«

Sie kann sich ein Lächeln nicht verkneifen. »Der Kandidat hat hundert Punkte. Ich habe einen Termin mit einem Makler gemacht. Heute Nachmittag, fünfzehn Uhr in Oldenburg. Er hat mir allerdings gerade eine Mail geschickt und gebeten, ich möchte schon um vierzehn Uhr kommen.«

»Um die Zeit wollte ich in Verden Gunnars Hebamme im Altenheim besuchen.«

»Mach das. Ich checke die Wohnung vor. Wenn Sie mir gefällt, fahren wir zusammen noch mal hin. Ist das okay?« Sie streichelt ihm über die Hand. »Ich werde mir sicherlich viele Objekte ansehen, bevor ich das Richtige finde. Willst du jedes Mal mitfahren?«

»Maren, ich lasse dich nicht mehr gern alleine fahren. Das hat nichts mit der Geschichte in München zu tun. Um uns herum passieren nun mal Dinge, die ich nicht einordnen kann. Wir sollten gemeinsam fahren.«

Maren stöhnt auf. »Sei nicht albern, Clemens. Hör zu: Ich habe den Bremer Tageskurier aufgeschlagen, wie es täglich fast zweihunderttausend Menschen tun. Darin habe ich hundert oder mehr Immobilienanzeigen gefunden und eine davon zufällig ausgewählt. Dann habe ich die angegebene Nummer angerufen und den Termin vereinbart. Wie, bitte schön, soll darin eine Falle stecken?«

»Mit wem hast du bei deinem Anruf gesprochen?«

»Mit einer Frau, den Namen habe ich nicht notiert.«

»Du hast gerade von einem Makler, also von einem Mann gesprochen. Was nun?«

»Wie, was nun? Was sollte daran nicht passen? Die Sekretärin hat meinen Anruf entgegengenommen und der Makler selbst hat zurückgerufen.«

»Ich komme mit, nach Verden kann ich auch morgen noch fahren.«

Maren blickt ihn wütend an. »Das kommt überhaupt nicht infrage. Du machst einen ja verrückt. Wenn wir überall Gespenster sehen, können wir uns gleich einschließen.«

»Ich hoffe, du behältst recht.« Er stellt eine kleine Dose Pfefferspray auf den Tisch. »Nimm wenigstens das Zeug mit.«

Kaltenbach fährt nach Verden zu der Adresse, unter der Monika Ostertag gemeldet ist. Ohne vorher anzurufen, denn er möchte nicht gleich am Telefon abgewimmelt werden. Am Empfang sagt er, sein Freund Gunnar Neuhaus sei seit zwei Jahren tot und er hätte erst jetzt erfahren, dass Gunnar zu Hause geboren und Monika Ostertag die Hebamme gewesen sei. Er würde die alte Dame gern sprechen, weil er sich intensiv mit dem Leben seines Freundes beschäftige.

Kaltenbach wird gebeten, sich in den Wartebereich zu setzen. Man müsse Frau Ostertag erst fragen, ob sie sich mit ihm unterhalten möchte.

Er blickt aus dem Fenster in einen sonnendurchfluteten Garten und ist froh, dass er auf eine Jacke verzichtet hat. Allein sein kurzärmeliges Sommerhemd ist ihm schon zu warm. Unruhig rutscht er auf seinem Stuhl hin und her. Er glaubt bereits nicht mehr an ein Gespräch, doch schließlich schiebt eine Pflegefachkraft die Frau in einem Rollstuhl in den Wartebereich. »Bitte beanspruchen Sie Frau Ostertag nicht zu stark, sie ist neunzig Jahre alt und braucht viel Ruhe.«

Kaltenbach nickt in Richtung der Mitarbeiterin und reicht Monika Ostertag die Hand. Im Händedruck der alten Dame liegt zu seiner Überraschung mehr Kraft, als er erwartet hat. Guten Tag, Frau Ostertag, ist es richtig, dass Sie früher Hebamme waren?«

In Monika Ostertags Gesicht spiegelt sich Zurückhaltung. »Ja, ich war mal Hebamme, aber das ist lange her.« Ihre Stimme klingt dünn. »Die Pflegerin hat mir gesagt, Sie suchen Informationen über einen Freund. Den Namen hatte sie schon wieder vergessen.« Sie schüttelt den Kopf. »Diese jungen Dinger heutzutage. Um wen geht es denn?«

»Um Gunnar Neuhaus.«

Das Gesicht der alten Frau verfinstert sich, als fiele ein Vorhang vor ihre Augen. »Gunnar Neuhaus? Ich kann mich nicht erinnern.«

»Es war eine Hausgeburt. Hilft Ihnen dieser Hinweis weiter?«

»Nein, ich habe ausschließlich bei Hausgeburten geholfen.«

Kaltenbach zieht die Kopie der Geburtsurkunde aus seiner Jackentasche. »Bitte werfen Sie einen Blick auf dieses Dokument. Gunnars Vater hatte ein Fotogeschäft in Verden.«

Monika Ostertag streift die Urkunde kurz mit den Augen. »Ja, ich erinnere mich, aber nur ganz schwach. Ich wüsste nicht, was ich Ihnen über Gunnar erzählen könnte, was nicht in der Urkunde steht.«

Kaltenbach merkt, dass die Alte mauert und setzt deshalb auf Überrumpelungstaktik. »Ich möchte gern wissen, ob es ein Ereignis im Zusammenhang mit Gunnars Geburt gegeben hat, das Sie nicht in der Urkunde vermerkt haben?«

Monika Ostertag zuckt zusammen. »Ich bin müde, bitte lassen Sie mich in Ruhe.«

Er geht neben dem Rollstuhl in die Hocke. »Frau Ostertag, es ist sehr wichtig für mich.«

Sie hat sich wieder gefangen. »Wollen Sie mich der Urkunden-fälschung bezichtigen? Wenn Sie nicht sofort verschwinden, klingele ich nach dem Pflegepersonal.«

Maren Petersen ist sauer auf Kaltenbach, weil er ihr die Stimmung verdorben hat. Erstmals hat sie wieder Zuversicht gespürt, geglaubt, alles könnte gut werden, wenn sie Bremen hinter sich gelassen hätten. Und nun hat sie auch auf der Fahrt nach Oldenburg ein ungutes Gefühl im Gepäck. Allerdings sollte Clemens auch nicht gleich mitbekommen, dass es sich bei der Eigentumswohnung um ein freistehendes Haus nahe der Altstadt handelt, dessen Grundstück überdies an einem Teich liegt. Er muss erst noch begreifen, dass er Gartenarbeit liebt. Sie schaut auf ihr Navigationsgerät, das ihr verspricht, in drei Minuten anzukommen.

Das Haus ist schon älter, macht aber, wie der mit Bäumen, Büschen und Stauden angelegte Garten, einen guten Eindruck. Zumindest von außen. Die Haustür steht offen. Maren zögert kurz, bevor sie klingelt. Von drinnen hört sie eine männliche Stimme, die ruft, sie möge eintreten. Eine Stimme, die verstellt klingt. Sie betritt einen großzügigen Eingangsbereich, an den sich mehrere Räume anschließen. »Gehen Sie gerade durch«, ruft der Mann.

Ihr ist, als laufe sie gegen eine Wand. Gunnar! Vor Schreck vergisst Maren zu atmen. Das ist ihr Glück, denn dadurch fehlt ihr die Luft, um seinen Namen herauszuschreien. Diesen Erfolg will sie ihm nicht gönnen. Sie weicht einen Schritt zurück, fängt sich aber wieder und greift die Hand des Mannes, der aussieht wie Gunnar, den sie jedoch nie in Anzug und Krawatte gesehen hat.

»Jonas Schneider, wir haben telefoniert. Sie sind doch Frau Petersen? Ist Ihnen nicht wohl?«

Maren schafft es nicht, dem Blick des Mannes standzuhalten, der sogar dasselbe Parfüm verwendet wie Gunnar. Sie schwitzt am ganzen Körper. Ihr Leben mit Gunnar Neuhaus läuft vor ihren inneren Augen ab. Fast nur schöne Momente. Spaß haben sie miteinander gehabt. Es sind fröhliche Jahre gewesen, mit viel Lachen und ohne Tränen. Gut, häufig hat Gunnar sie alleine gelassen, ist mit seiner Künstlerclique herumgezogen. Sie hat dann eben gearbeitet. Als selbstständige Werbetexterin kann sie sich ihre Tage frei einteilen. Allerdings hat Gunnar nach und nach immer mehr Zeit für seine eigenen Interessen gebraucht. Ist das der Anfang der Entwicklung gewesen, die zu der heutigen Situation geführt hat? Unsinn, der Mann, der vor ihr steht, heißt Jonas Schneider. Nicht Gunnar Neuhaus, auch wenn er genauso aussieht. Aber er kann unmöglich Gunnar sein. Oder? Was ist noch real, was ist irreal? Maren nimmt bloß am Rande wahr, wie Schneider sie von Raum zu Raum führt, gestikulierend etwas erklärt und wie sie dazu immer wieder mechanisch nickt. Was wird gleich geschehen? Wird er sie einfach wieder laufen lassen? Ihr die Hand reichen und sich verabschieden, als ginge es ausschließlich um den Verkauf dieses Hauses? Wozu dann dieser Aufwand? Oder wird er ihr drohen, ihr gar etwas antun wollen? Sie spürt ihre Erschöpfung, eine große Leere, hat keine Kraft mehr, sich mit dem auseinanderzusetzen, was hier geschieht, möchte sich einfach nur treiben lassen. Das gleiche Gefühl wie in München, die gleichen Leck-mich-am-Arsch-Gedanken und der damit einhergehende Kontrollverlust. Ihre Hände, die sie nervös in den Hosentaschen vergraben hat, krampfen sich zusammen. Sie nimmt den Widerstand in ihrer rechten Hand wahr, den ihr die Dose mit dem Pfefferspray entgegensetzt.

Jonas Schneider reicht ihr die Hand. »Wenn Sie noch Fragen haben, rufen Sie einfach an, Frau Petersen. Es würde mich freuen, wenn Sie sich für das Haus entscheiden würden. Es ist ein Sahnestück.«

Das falsche Gerede macht Maren wütend. Sie bäumt sich innerlich auf. Als wäre sie eine unbeteiligte Beobachterin, sieht sie ihre Hand, die den Auslöser des Pfeffersprays drückt und Jonas Schneider, der es nicht rechtzeitig schafft, seine Augen zu schließen. Die Spraywolke trifft ihn mitten im Gesicht. Er taumelt zurück, versucht, sich mit zugekniffenen Augen zu orientieren. »Sind Sie wahnsinnig?« Er heult auf, seine Stimme überschlägt sich.

Maren fasst ihn am Arm, bugsiert ihn ins Bad und dreht den Wasserhahn auf. Sie ist wieder in der Realität angekommen. »Spülen Sie sich die Augen aus, es tut mir leid.« Sie lässt eine Hand in sein Jackett gleiten, in der Hoffnung, einen Ausweis zu finden. Schneider packt ihr Handgelenk und greift ihr in die Haare. Maren merkt, sie wird gegen den Mann, trotz seiner brennenden, mit Wasser gefüllten Augen, den Kürzeren ziehen. Rasend vor Wut presst er sie gegen das Waschbecken und hebt die Faust zum Schlag. Maren kann ihren Kopf wegdrehen, weil er mit seinen gemarterten Augen nicht deutlich sieht. Sie reißt ihr rechtes Bein hoch und trifft ihn an seiner empfindlichsten Stelle. Eine bewährte Methode. Schneider geht zu Boden. Schnell raus hier. Sie springt in ihr Auto, fährt eine kurze Strecke, nimmt sich zusammen und kehrt um. Die Chance, den Mann zu beobachten und gegebenenfalls zu verfolgen, wenn er das Haus verlässt, kommt vielleicht nie wieder.

Maren muss zwanzig Minuten warten, bis der Mann, der sich Schneider nennt, herauskommt, zu einem Wagen taumelt und sich hineinfallen lässt. Er bleibt noch eine Weile sitzen und tupft sich die Augen ab. Hoffentlich hat er sie ordentlich ausgespült, denkt Maren. Als Schneider losfährt, folgt sie ihm, flucht, weil sie ihn gleich wieder verliert und nicht einmal sein Kfz-Kennzeichen gesehen hat. Zudem muss sie mit einer Anzeige wegen Körperverletzung rechnen.

Sie fährt zum Haus zurück, sucht sich wieder einen Parkplatz, von dem aus sie das Objekt einsehen kann und wartet ab, ob um fünfzehn Uhr ein echter Makler kommt. Zehn Minuten vor der verabredeten Zeit fährt ein Wagen vor, der seitlich mit dem Logo und der Telefonnummer des Maklerbüros beschriftet ist.

Maren steigt aus und geht auf das Haus zu. Bevor sie es erreicht, kommt der Mann schon wieder heraus, mit einem Taschentuch in der Hand, mit dem unablässig vor seinem Gesicht herumwedelt. »Entschuldigung, sind Sie Jonas Schneider?«

»Ja, Frau Petersen?«

Maren nickt. »Es ist etwas Unangenehmes passiert. Ich habe eine Mail mit Ihrem Absender erhalten, in der ich aufgefordert wurde, bereits um vierzehn Uhr zu kommen. Hier hat mich ein Mann erwartet, der ebenfalls behauptet hat, Jonas Schneider zu sein.«

Sie erzählt ihm, was geschehen ist, einschließlich ihrer Pfefferspray-Attacke, behauptet aber, der Mann habe sie mit dem Reizgas angegriffen, es sei ihr aber gelungen, ihm die Dose zu entwenden. Soll der angebliche Schneider doch das Gegenteil behaupten, in dem Fall stünde Aussage gegen Aussage. Sie muss aber daran denken, das Pfefferspray verschwinden zu lassen.

Schneider sagt, er wisse nichts von dieser Mail. Die Konsequenz daraus ist niederschmetternd. Gunnar hätte gar nichts von der Verabredung mit dem Makler erfahren können. Es sei denn, er hört ihr Telefon ab. Maren ist völlig durch den Wind, sie verabschiedet sich schnell von dem Makler und steigt in ihr Auto, hält aber bald schon wieder an. Sie zittert, fühlt sich nicht in der Lage, nach Hause zu fahren. Panik steigt in ihr auf, wenn sie daran denkt, was sie heute erlebt hat.

»Hallo Schatz.« Kaltenbach meldet sich nach dem ersten Klingeln seines Smartphones. »Der Besuch bei der Hebamme hat nichts Konkretes gebracht. Irgendwas stimmt nicht mit Gunnars Geburtsurkunde, aber die Alte will nicht damit rausrücken. Es ist wie verhext. Sei mir also bitte nicht böse, wenn ich mich im Moment nicht für eine neue Wohnung interessiere.«

Maren versucht, das Beben in ihrer Stimme zu unterdrücken, es gelingt ihr nicht ganz. »Hier ist etwas Unglaubliches passiert,

Clemens, etwas Unfassbares. Sei bitte so nett und hole mich ab, ich bin völlig durch den Wind und möchte nicht mehr Auto fahren.«

»Was ist denn passiert?«

»Das möchte ich dir am Telefon nicht erzählen.«

»Mensch Maren, ich habe dir doch geraten, nicht alleine zu fahren.«

In Marens Stimme liegt ein gefährlicher Unterton. »Was hältst du davon, nicht mehr so viel zu reden, dich in einen Zug nach Oldenburg zu setzen und mich anzurufen, wann du hier ankommen wirst. Mehr wünsche ich mir im Moment nicht von dir. Alles andere später.« Wütend drückt sie ihr Smartphone aus.

Sie bleibt noch zwanzig Minuten bei verriegelten Türen in ihrem Wagen sitzen, bevor sie aussteigt und nach dem Weg zum Bahnhof fragt.

Bevor er auf den Bahnhofsvorplatz heraustritt, öffnet Kaltenbach seinen Regenschirm. Während seiner kurzen Bahnfahrt sind tiefdunkle Wolken aufgezogen, die sich jetzt sturzbachartig entleeren. Über fehlendes Wasser von oben kann sich in diesem Sommer niemand beklagen. Er sieht Maren schutzlos im Regen stehen, dabei müsste sie nur zwei, drei Schritte gehen, um sich unterzustellen. Ihre leichte Sommerjacke hat sie zusammengerollt unter ihren linken Arm geklemmt. Die Bluse klebt ihr auf der Haut und betont ihre dürre Figur, aus ihren angeklatschten Haaren läuft das Wasser. An ihrer Haltung liest er schon von Weitem ihre schlechte Stimmung ab. Hinzu kommt Angst, die sich in ihrem ungewöhnlich blassen Gesicht spiegelt.

»Was ist los mit dir, Maren, warum stellst du dich nicht unter? Du siehst ja schrecklich aus.«

Sie zuckt die Schultern. »Ja und, wie es in mir drinnen aussieht, das zählt.«

Kaltenbach zieht Maren unter seinen Schirm und drückt sie an sich. Ihre Nässe überträgt sich bis auf seine Haut. »Was ist passiert, warum willst du nicht mehr Auto fahren?«

»Ich habe Gunnar getroffen. Er lebt.«

Kaltenbach beugt sich zurück, um sie ansehen zu können. »Was redest du da? Gunnar ist tot, ich habe ihn doch selbst gefunden. Seine gebrochenen Augen werde ich nie vergessen.« Er hängt ihr seine Jacke über die Schultern. »Ich muss gestehen, du wirst mir unheimlich, Maren. Ist dir nicht gut, wo willst du ihn denn getroffen haben?«

»Damit du eines weißt: Ich bin klar im Kopf und kann logisch denken. Mir ist nur langsam alles scheißegal.« Sie wischt sich den Regen aus dem Gesicht. »Gunnar hat als Makler auf mich gewartet und sich als Jonas Schneider vorgestellt. Der richtige Jonas Schneider ist dann eine Stunde später erschienen, wie ich es mit seiner Mitarbeiterin verabredet hatte.«

Maren erzählt Kaltenbach, wie alles abgelaufen ist, auch von ihrem Verdacht, dass Gunnar ihr Telefon abhört.

»Hinsichtlich des Telefons zielst du in die richtige Richtung, Maren. Aber wenn ich daran denke, was in den letzten Wochen alles passiert ist, glaube ich eher, dass jemand die Wohnung komplett abhört. Anders ist es nicht zu erklären, dass diese Person immer weiß, was wir vorhaben. Das erklärt auch, warum der Alte dich nach München verfolgen konnte.«

»Diese Person! Warum scheust du dich, seinen Namen auszusprechen?«

»Weil ich nicht glaube, dass es Gunnar ist. Eventuell hat er doch einen Zwillingsbruder oder einen nahen Verwandten, der ihm ähnlich sieht?«

»Er hat sogar wie Gunnar gerochen.« Maren macht sich von Kaltenbach los und reibt mit den Händen über ihre kalten Arme. »Ich weiß nicht mehr, was ich denken soll. Vielleicht hast du ja recht? Ich kann auch nicht glauben, dass er lebt und sich zwei

Jahre lang nicht gemeldet hat. Wenn Gunnar oder wer auch immer uns total abhört, dann ist er über jeden Schritt von uns informiert, über alles was wir tun und planen. Sogar über das, was wir im Bett treiben. Ist das nicht widerlich?«

»Was regst du dich auf? Waldi hast du sogar live mitspielen lassen.«

»Musst du mir das schon wieder vorhalten?«

»Es wühlt mich immer noch auf, wenn ich daran denke. Aber entschuldige, das gehört nicht hierher. Jetzt geht es allein darum, dass wir total kontrolliert werden. Und auch darum, dass du mit deinen nassen Klamotten aus dem Wind kommst.« Kaltenbach streckt eine Hand unter dem Schirm hervor. »Es hat aufgehört zu regnen. Hast du dir den Namen der Straße gemerkt, in der du dein Auto geparkt hast?«

»Ich bin auf einen Parkplatz neben dem Theaterwall gefahren.«

»Dann los, bevor du dich erkältest.« Er winkt einem Taxi.

Auf dem Parkplatz steht Kaltenbach Schmiere, damit Maren sich trockene Sachen anziehen kann, die sie im Kofferraum in ihrer Sporttasche mitführt. Sie hat sich ein Handtuch über die Schultern gelegt, mit dem sie sich immer wieder ihre Haare trocken reibt. »Wenn wir zu Hause sind, musst du sofort die Wanzen suchen und entfernen.«

»Genau das mache ich nicht. Wir werden uns verhalten wie bisher. Es gibt ohnehin verschiedene Abhörmethoden. Er könnte uns beispielsweise aus einer benachbarten Wohnung ausspionieren, ohne bei uns etwas installiert zu haben. Wie dem auch sei, wenn wir in der Wohnung sind, werde ich dich drängen, zu erzählen, was du hier in Oldenburg erlebt hast. Das wirst du mir alles noch einmal berichten. Morgen werden wir beim Frühstück, das wir auswärts zu uns nehmen, Pläne schmieden, wie wir weiter vorgehen wollen.«

»Du willst Gunnar eine Falle stellen?«

»Richtig, ich möchte ihn durch gezieltes Gerede täuschen und ihn dadurch in eine Falle locken. Ihn mit seinen eigenen Waffen schlagen. Er hat für uns auch viele Trugbilder geschaffen, um Hiller die Schuld in die Schuhe zu schieben und um uns gegeneinander aufzubringen.« Kaltenbach kratzt sich am Kinn. »Zu Hause dürfen wir auf keinen Fall darüber reden, dass wir davon ausgehen, abgehört zu werden.«

»An was für eine Falle denkst du?«

»Das weiß ich noch nicht.« Er legt Maren eine Hand auf den Oberschenkel. »Es geht auch um die Frage, was mit ihm geschehen soll, wenn er in der Falle sitzt.«

Sonntag, 24. Juli

Sie läuft durch den tief eingeschnittenen Hohlweg. Trotz ihrer Angst und obwohl es ihr verboten ist, hierherzukommen, zieht sie dieser Ort immer wieder magisch an. Sie hört das Geräusch der Steine, die über den rauen Weg holpern und bedrohlich näher kommen. Das Gepolter wächst zu einem ohrenbetäubenden Lärm heran. Ihr Gesicht verzieht sich vor Angst zu einer Fratze, weil sie sieht, dass auch aus ihrer Laufrichtung Steine auf sie zurollen. Es gibt nur einen Ausweg: den Tod. Zerquetscht, zermahlen zu Brei, wird man sie finden.

Schweißgebadet fährt sie im Bett hoch. Zitternd, mit weit aufgerissenen Augen blickt sie Kaltenbach an, mit Augen, die sagen, dass die Albträume den Weg in ihren Kopf zurückgefunden haben.

»Verstehst du jetzt, warum ich hier weg will, warum ich neu anfangen muss? Selbst nachts fängt mich die Vergangenheit ein. Ich halte es nicht mehr aus.«

Sie sitzen auf der Bettkante. Kaltenbach umarmt Maren, die sich fest an ihn drückt. »Oldenburg hat sich auch erledigt«, flüstert sie.

»Wie meinst du das?«

»Oldenburg scheidet als neuer Wohnort aus. Dort werde ich auch an Gunnar erinnert.«

Kaltenbach hält sich seinen rechten Mittelfinger vor die Lippen. Maren winkt ab.

Er dreht ihren Kopf so, dass sie ihm in die Augen schauen muss. »Wir können nicht auf den Mond ziehen und auch nicht vor unserer Vergangenheit fliehen«, flüstert er. »Ich denke, wir sollten uns ihr stellen und sie besiegen.«

»Du weißt nicht, wie das ist, wenn dich Albträume verfolgen, dich auslaugen und dir sogar den Tag zur Hölle machen. Nicht nur, weil du Angst vor der nächsten Nacht hast und an nichts anderes mehr denken kannst, sondern auch, weil dir der Schlaf fehlt, weil du dich nicht mehr auf deine Arbeit konzentrieren kannst und immer stärker runtergezogen wirst. Weil du dein Versagen siehst und nach und nach dein Selbstwertgefühl verlierst.« Sie lächelt gequält. »Hol schon Brötchen und ein bisschen geräucherten Lachs, ich tue mir in der Zwischenzeit nichts an. So weit bin ich noch nicht.«

Die Klingel an der Wohnungstür läutet. »Hat Clemens wieder sein Geld vergessen?« Maren spricht mit sich selbst, steht auf, zieht sich ihren Morgenmantel über und öffnet.

»Hallo Maren, seit gestern haben wir noch eine weitere Rechnung offen.« Der Mann, der vor ihr steht, wirkt in seiner einfachen Kleidung – einem karierten Hemd und einer Jeans – aggressiver als in dem Anzug, den er in Oldenburg getragen hat.

Maren weicht zurück. Diese Gelegenheit lässt er sich nicht entgehen. Zwei Schritte, schon ist er in der Wohnung und drückt die Tür hinter sich zu. Sie streckt ihm ihre Arme entgegen, um ihn auf Distanz zu halten. Mit seiner rechten Hand, an der er, wie an der linken, einen Handschuh trägt, schlägt er ihre Arme weg. In der anderen Hand hält er ein Tuch, das er auf ein aufgeschraubtes Fläschchen drückt und mit dessen Inhalt befeuchtet. Er fixiert sie zwischen seinem Körper und der Wand. Maren nimmt einen süßlichen Geruch war, als er ihr das mit Chloroform getränkte Tuch auf die Nase drückt. Verzweifelt versucht sie, sich zu befreien, bis sie bewusstlos an der Wand zusammensackt.

Sie wird wach. Ihr Schädel brummt, Husten- und Brechreiz überfallen sie. Vergeblich versucht sie, ihren Oberkörper aufzurichten, aber ihre Hände sind, wie ihre Beine, an ihr Bett gefesselt. Sie schafft es nur, ihren Kopf zu heben und erkennt, dass sie nackt ist. Aus den Augenwinkeln sieht sie, dass jemand den Raum betritt, jemand der immer noch aussieht wie Gunnar. »Was wollen Sie hier? Binden Sie mich los.«

Der Mann, dessen Gesicht noch die Nachwirkungen der Pfefferspraywolke zeigt, setzt sich auf den Bettrand. »Warum siezt du mich, Maren? Komm, lass dich anfassen. Wie lange habe ich auf diesen Moment gewartet.« Zärtlich streichelt er ihre Wange, fasst ihr in die Haare. »Ist es dir so recht. Du weißt doch noch, wer ich bin, oder? Ich bin dein Gunnar, dem du ewige Liebe geschworen hast.«

Auf Marens Haut bildet sich ein Schweißfilm, unter dem sich eine Eiseskälte breitmacht und sie zittern lässt. »Gunnar ist tot, mausetot«, schreit sie. »Verschwinden Sie aus diesem Scheißtraum.«

Der Mann lächelt sie an. »Natürlich bin ich tot, aber du bist auch tot. Ich habe dich nämlich gerade umgebracht, damit wir wieder zusammen sein können. Im Totenreich vereint, für alle Zeiten.«

Maren dreht den Kopf weg. »Sie widern mich an. Hauen Sie ab.«

Der Mann schüttelt den Kopf. »Ich möchte, dass du mich duzt und Gunnar nennst. Dann ist es wieder so wie früher.«

»Wer sind Sie? Hören Sie auf mit dem Quatsch. Was wollen Sie überhaupt von mir?«

Der Mann zieht ein Messer und hält es Maren an die Kehle. »Ich kann dir auch deinen hübschen Hals durchschneiden, wenn du das möchtest? Also, überleg dir genau, was du sagst.«

Maren nickt vorsichtig. »Okay Gunnar, ist schon gut, am Namen soll es nicht scheitern.«

»Du hattest mal eine bessere Figur, bist dünner geworden. Macht Clemens Stress oder gibt er dir nicht genug Haushaltsgeld?« Er lässt seinen rechten Zeigefinger mit leichtem Druck auf ihrer linken Brustwarze kreisen. »Liebst du mich noch, Maren? Oder liebst du jetzt Clemens?«

Sie antwortet nicht.

»Was ist los mir dir?« Er macht ein beleidigtes Gesicht, steht auf und zieht seine Hose runter. »Wir wollen doch mal sehen, ob ich dich noch begeistern kann.«

Maren schließt die Augen, als sie seine Erektion sieht. »Gunnar, bitte lass das.«

»Warum, wir sind doch in der Situation, in der wir uns vor zwei Jahren getrennt haben. Warum sollen wir nicht einfach weitermachen und die zwei Jahre ausblenden?«

»Binde mich los, Gunnar, ich habe keine Lust auf diese Spielchen.«

»Damals in Stellenfelde hast du das aber anders gesehen.«

»Das stimmt nicht, du wolltest das unbedingt. Noch mal: Binde mich los oder verschwinde einfach.«

»Glaubst du, ich werde dich so billig gehen lassen, wieder verschwinden, ohne etwas erreicht zu haben? So wie Waldi?«

Maren blickt ihm in die Augen. »Was willst du denn erreichen? Dass ich mit dir schlafe? Vergiss es, Gunnar, ich empfinde nur Angst, wenn du mich berührst.«

»Mit dir schlafen, das hört sich an, als würden Konfirmanden miteinander reden. In unserem alten Leben mochtest du härtere Ausdrücke.«

Die Schlafzimmertür fliegt auf, Kaltenbach steht im Türrahmen. Er will sich auf den Mann stürzen, sieht aber rechtzeitig das Messer in dessen Hand.

Der Mann zieht seine Hose wieder hoch und sieht Kaltenbach mitleidig an. »Hallo Clemens, hättest wohl nicht gedacht, deinen alten Freund Gunnar wiederzusehen. Geh hinter das Bett, aber langsam.«

Kaltenbach sieht ein, dass er keine andere Wahl hat. Er lässt die Brötchentüte und den eingeschweißten Lachs fallen, stellt sich hinter das Bett und fängt den Schlüssel auf, den der Mann ihm zuwirft.

»Ganz ruhig, Clemens, schließ die Handschelle an Marens linken Arm auf und mach deinen linken Arm daran fest. Dann wirfst du den Schlüssel wieder rüber. Tust du nicht, was ich sage, schneide ich ihr die Kehle durch. Wäge die Vor- und Nachteile gegeneinander ab, in dem Fall hättest du immerhin freie Bahn mit Brigitte.«

Kaltenbach ärgert sich darüber, dass er rot anläuft. »Was bist du doch für ein Arschloch geworden, Gunnar?«

»Du hast ja recht, Clemens, aber ihr beide habt mich zu diesem Arschloch gemacht. Und dafür bezahlt ihr mir jetzt.«

Kaltenbach befreit Marens linken Arm und legt ihr eine Bettdecke über den Körper, bevor er sich selbst ankettet. Den Schlüssel wirft er dem Mann zu. »Was soll das heißen, wir hätten dich zu einem Arschloch gemacht? Von uns beiden hat dich niemand niedergeschlagen. Und falls du tatsächlich Gunnar sein solltest, hättest du dich aus eigenem Antrieb aus dem Staube gemacht.«

»Ich wollte nur mal sehen, wie ihr euch verhaltet, wenn ich weg bin. Du hast doch hinter Maren hergegeifert, wie …« Er winkt ab. »Mir fehlen die Worte für dein Verhalten.«

»Das klingt aber sehr dünn. Wer bist du wirklich, Gunnar II.?«

Der Mann packt Marens rechte Hand und drückt die Klinge des Messers gegen ihren Daumen. »Noch ein Wort des Zweifels und es fließt Blut. Ich kann Maren auch scheibchenweise ins Jenseits befördern, falls das für dich spannender ist.«

»Wie soll diese Farce weitergehen? Lass Maren laufen, sie hat keine Schuld an dem, was geschehen ist.«

»Diese Bewertung überlass bitte mir, Clemens. Warum nennst du mich eigentlich nicht mehr Zausel, der Name hat dir doch immer so gut gefallen.«

»Weil du nicht Zausel bist. Ich wollte nur nicht darüber diskutieren, Gunnar II. Schließlich habe ich seine Leiche gesehen und identifiziert. Mal ganz davon abgesehen, dass Gunnar sich nie so erbärmlich verhalten würde wie du.«

Maren sieht Kaltenbach erschrocken an, weil er seinen Mund nicht halten kann, aber Gunnar II. geht darüber hinweg. »Und ich dachte immer, du seiest ein guter Polizeireporter. Hast du denn nie mit Dr. Kleinschmidt gesprochen.«

Kaltenbach zuckt die Schultern. »Wer soll das sein?«

Gunnar II. schüttelt den Kopf. »Du hattest es so eilig, Maren zu vögeln, dass du nicht mal Zeit hattest, mit dem Gerichtsmediziner zu sprechen, der die Leiche deines allerbesten Freundes untersucht hat? Falls du den heutigen Tag überleben solltest, geh zur Kripo Verden und frag nach Dr. Kleinschmidt. Vielleicht kann er dir noch was sagen?« Er wendet sich Maren zu. »Und du, liebe Maren, bist auch so ein Miststück. Als wir zu zweit in Stellenfelde waren, hast du einen Dreier mit Clemens vorgeschlagen. Du erinnerst dich?«

»Du verdrehst die Tatsachen. Woher weißt du überhaupt davon, du bist doch gar nicht Gunnar?« Sie erschrickt über ihre eigenen Worte und schiebt schnell ein »Oder?« hinterher.

»Wenn nicht, wie sollte ich dann davon wissen?« Er lacht. »Hast du deinen Wunsch nach einem Dreier etwa auf Facebook gepostet?«

Der Mann zieht sich einen Stuhl ans Bett. »Wir sollten nicht unsere Zeit verplempern. Kommen wir also zur Sache. Ich bin wieder da. Es hat zwar etwas gedauert, aber ich musste erst einmal einen Plan entwickeln.« Wieder lacht er. »Ich habe quasi ein Drehbuch geschrieben, in dem ihr die Protagonisten seid. Bislang habt ihr eure Rollen perfekt gespielt, genau so, wie ich es mir ausgedacht habe. Einen weiteren Darsteller, den für die jämmerlichste Figur, hat Hiller gegeben. Freiwillig gespielt, muss ich sagen, ganz ohne mein Zutun. Bis er mir zu sehr auf den Geist gegangen ist. Nun ja, sein Ende kennt ihr ja.«

»Weshalb bist du überhaupt auf dem Friedhof gewesen, ich war doch mit Hiller verabredet?«, fragt Kaltenbach. »Bist du mir gefolgt?«

Der Mann kann sich ein Grinsen nicht verkneifen. »Ich besuche mein Grab oft. Das ist doch normal, oder?« Er setzt wieder einen bösen Blick auf. »Es ist ja wohl klar, dass ich euch beide abstechen und unbehelligt gehen könnte?« Beschwichtigend hebt er die Hände. »Keine Angst, das habe ich nicht vor, denn jetzt wird es erst richtig spannend. Wir sind nämlich im Drehbuch an einem Punkt angekommen, an dem ihr euch zwischen zwei Wegen entscheiden dürft. Darin liegt für mich ein besonderer Reiz, zumal ich das Finale mit nur einem Gegner bestreiten möchte. Mit dem oder der Stärkeren von euch.« Er zieht ein weiteres kleines Fläschchen und eine Einwegspritze aus einer Jackentasche. »Wir machen Folgendes: Ich setze dir, liebe Maren, eine Spritze mit einem Mittel, das tödlich wirkt, wenn dir nicht innerhalb von drei Stunden das Gegenmittel gespritzt wird. Um welches Gegenmittel es sich handelt, verrate ich dir erst, wenn du Clemens getötet hast. Ruf mich spätestens in zwei Stunden an, dann bleibt genug Zeit, mir den Beweis vorzulegen. Und natürlich für das Gegenmittel, das bringe ich mit. Kommst du mit den Bullen, gieße ich es aus.« Er zieht einen Zettel aus der Hosentasche und wirft ihn aufs Bett. »Meine Telefonnummer. Das Handy habe ich geklaut. Nach deinem Anruf lasse ich's verschwinden. Zurück zum Thema: Ob Clemens sich von dir den Kopf abschneiden oder auf andere Weise in die Hölle schicken lässt, entscheidet er aber selbst, denn er bekommt den Schlüssel für die Handschellen und darf somit als erster wählen, wie es weitergehen soll.« Er sieht Maren mitleidig an. »Wie ich Clemens einschätze, wird er Brigitte flachlegen, während du hier jämmerlich verreckst.« Der Mann, der wie Gunnar aussieht, holt die Spritze aus ihrer sterilen Verpackung.

»Stopp«, ruft Kaltenbach. »Injiziere mir den Dreck.«

Der Mann hält Marens linken Arm fest und desinfiziert ihn. »Halt still, dann tut's nicht weh.« Er zieht die Spritze auf und drückt die Luft heraus. Dann injiziert er den Stoff und klebt Watte mit einem Pflaster auf die Einstichstelle. »Schöner Versuch, den Helden zu spielen, Clemens. Dabei weißt du genau, dass ich euch nur die Wahl zwischen zwei Wegen lasse, aber niemals dulden würde, dass ihr mein Drehbuch umschreibt.«

Er steht auf und blickt auf die Brötchentüte, die Kaltenbach fallenlassen hat. »Da wolltet ihr gemütlich frühstücken, und jetzt das.« Neugierig öffnet er die Tüte. »Mhm, auch Croissants, lecker.« Er hält die Tüte hoch. »Ihr habt doch nichts dagegen?«

»Nimm die ganze Tüte und den Lachs und verschwinde, Gunnar.« Kaltenbach ärgert sich, dass er seine Nervosität nicht verbergen kann.

Der Mann setzt sich wieder auf die Bettkante. »Immer mit der Ruhe, oder habt ihr's eilig?«

Kaltenbach sieht ein, dass es nichts bringt, ihn zu drängen. Er würde sich noch mehr Zeit lassen. »Wenn wir schon so gemütlich plaudern, Gunnar, dann sag mir wenigstens, was du mit den Hansens zu tun hast.«

»Mit welchen Hansens?«

»Du hast mich doch zu einem Gespräch nach Bruchhausen-Vilsen eingeladen. Dort hat mich Paula Hansen empfangen und du hast mir K.-o.-Tropfen verpasst.«

Der Mann lässt sich Zeit mit der Antwort, bis er sein Croissant aufgegessen hat. »Tut mir leid, aber was du da erzählst, sagt mir nichts.«

»Vielleicht erinnerst du dich an ein Treffen mit Paula Hansens Vater im Kurpark Bruchhausen-Vilsen? Damals hast du ein Kupuzenshirt getragen. Der Alte hatte vorher Maren verfolgt.«

Gunnar II. schüttelt den Kopf. »Beleidige mich nicht, Clemens. Ich setze doch keine Leute ein, die auffallen.«

»Du hast uns zwei Briefe geschrieben, mit deiner Unterschrift, das haben wir überprüfen lassen.«

Der Mann nimmt sich das zweite Croissant. »Merkwürdig, was alles so passiert, findet ihr nicht auch? Sollte Hiller fähiger gewesen sein, als wir denken?«

»Könntest du Clemens endlich den Schlüssel geben, Gunnar«, drängt Maren. »Falls du mir wirklich eine Chance geben willst, wird es sonst sehr knapp.«

»Da flattert dir die Muffe, oder?« Er lächelt sie mit einem gehässigen Zug um den Mund an. »Hast du dich noch nie gefragt, warum Clemens bei der Zeitung so steil aufgestiegen ist. Er hat sich hochgebumst.« Er drückt Maren das Messer in die Hand und spuckt ihr ins Gesicht. »Hier habt ihr auch meine DNA. Fahrt zur Hölle.«

»Halt, den Schlüssel.«

Der Mann wirft Kaltenbach den Schlüssel zu, der ihn durch die Finger rutschen lässt. »Das hat er absichtlich gemacht, dann kann ich dir auch nicht mehr helfen, Maren.« Er dreht sich um und verschwindet.

Kaltenbach packt das Gestell des Doppelbettes mit beiden Händen und versucht es, samt Maren in Richtung des Schlüssels zu ziehen. Ein Fuß des Bettes verhakt sich im Teppich, der am Boden verklebt ist, und wölbt ihn auf. Er muss seine ganze Kraft aufbieten, um das Bett zu bewegen. Der Teppich knickt ein und reißt auf. Endlich gelingt es ihm, das Bett so nah an den Schlüssel heranzuziehen, dass er ihn aufheben kann. Schnell öffnet er Marens Handschellen.

Sie wischt sich die Spucke mit einem Papiertaschentuch aus dem Gesicht, springt in einen Slip und eine Jeans und zieht sich ein T-Shirt über. »Vergiss die Autoschlüssel nicht, Clemens.« Sie greift sich ein Paar Sandalen und läuft barfuß die Treppe herunter.

Kaltenbach nimmt die Spritze und das Papiertaschentuch mit und folgt ihr. Sie rennen zum Auto, das dieses Mal nur zwei Häuser entfernt steht. Kaltenbach startet den Motor, fährt an und hört wie ein Reifen platzt. Er ist in eine mit Nägeln gespickte Stahlplatte gefahren.

Fluchend zieht er sein Smartphone aus der Hosentasche und wählt die Nummer eines Taxiunternehmens, die ihm gerade einfällt. Er sagt, dass es um eine Vergiftung gehe und das Taxi gleich kommen müsse. Und hofft, nicht Sondermanns Arbeitgeber angerufen zu haben.

Maren zieht ihre Sandalen an. »Ich laufe zu Fuß zum Krankenhaus St. Joseph-Stift, das ist doch gleich um die Ecke.«

»Das dürfte einen Kilometer entfernt sein. Du bist viel zu aufgeregt, Maren, und rennst noch vor ein Auto. Warte bitte, das Taxi kommt doch gleich.«

Maren tippelt herum, greift immer wieder Kaltenbachs linken Arm, um auf seine Uhr zu schauen. Nach zwölf Minuten kommt das Taxi. Alle vier Ampeln auf dem Weg zum Krankenhaus stehen auf Rot. Am Ziel öffnet Maren bereits die Tür, bevor der Wagen hält. Kaltenbach wirft dem Fahrer einen Zwanzigeuroschein hin und folgt ihr mit der Spritze und dem Papiertaschentuch.

Am Informationsschalter des Krankenhauses haben sie Glück, sie können ihr Anliegen gleich vortragen. Ein Arzt wird gerufen, der Maren und die Spritze mitnimmt. Kaltenbach muss auf einem der Stühle im Wartebereich Platz nehmen. Unruhig rutscht er hin und her.

Als Maren zurückkommt, spiegelt sich immer noch Angst in ihrem Gesicht, aber auch eine Spur Erleichterung. »Stell dir vor, der Typ hat mir einen Vitamin-B-Komplex als Aufbauinfusion gespritzt. Aber besser so als andersherum.« Sie hakt sich bei Kaltenbach unter, der aufgesprungen ist. »Wir müssen noch zur Polizei, Anzeige erstatten.«

»Zur Polizei? Es war doch Gott sei Dank kein Mordversuch.«

»Der Arzt hat darauf bestanden, den Täter anzuzeigen. Er hat das Polizeirevier Schwachhausen in der Parkallee angerufen. Wir sollen uns dort melden.«

»Ich habe keine Lust, mich dort mit einem Wachhabenden auseinanderzusetzen. Noch ist Markus da, ich rufe ihn gleich an.«

Maren grinst. »Da hat sich der Möchtegern-Gunnar aber mächtig verrechnet. Von wegen nur noch ein Gegner.«

Kaltenbach schaut ernst. »Hat er nicht, sonst hätte er dir keine Vitamine gespritzt. Du bist vorerst raus aus dem Spiel, Maren, darüber lasse ich nicht mit mir diskutieren. Du wirst untertauchen, denn nun wird es richtig Ernst. Er will erst mit mir abrechnen. Danach bist du dran. Bete, dass ich ihn vorher stoppen kann.«

Markus Sandman empfängt sie zu Hause mit frisch gebrühtem Kaffee. »Euch darf ich wohl keinen Augenblick aus den Augen lassen?« Er macht eine einladende Handbewegung. »Setzt euch erst mal hin, entspannt euch und bringt mich auf den neuesten Stand.«

Kaltenbach berichtet von seinem nach wie vor vorhandenen Verdacht, Gunnar könne einen Zwillingsbruder haben, von seinem Besuch bei der Hebamme, von Marens Begegnung mit Gunnar II. als Makler und dessen Geständnis, Hiller getötet zu haben sowie vom Überfall in der Wohnung und vom Plan, Gunnar II. in eine Falle zu locken. Anschließend greift er sich an den Bauch. »Ich habe heute noch gar nichts gegessen, jetzt schlägt der Hunger voll durch. Ich möchte nicht unhöflich sein, aber wenn du ein paar Kekse hättest, wäre mir sehr geholfen.«

Markus Sandman holt den Flyer eines Pizza-Service aus einer Schublade. »Sucht euch was aus. Frederike ist bei einer Freundin, als Strohwitwer kann ich bloß zwischen verschiedenen Pizzasorten wählen.«

Nachdem Sandman die Pizzen bestellt hat, steht Maren auf und geht unruhig hin und her. »Tut mir leid, ich kann nicht sitzen. Ich möchte wissen, was der angebliche Gunnar mit seinen Aktionen bezweckt. Hat er wirklich geglaubt, ich würde Clemens abstechen?«

Kaltenbach pustet über seinen heißen Kaffee, bevor er vorsichtig daran nippt. »Er spielt mit uns, das hat er doch selbst gesagt. Ein Drehbuch will er geschrieben haben, nach dem er uns lenkt wie ein Regisseur.«

Sandman kratzt sich in seinem Bart, der wie fast immer nach Pflege schreit. »Mit der Spielerei wird es bald vorbeisein. Gunnar II., wie ihr ihn nennt, hat Hiller erschossen. Er kann also nicht mehr zurück. Ihm bleibt nur, die restlichen Szenen seines Drehbuchs zu filmen, im übertragenen Sinn natürlich. Dabei kommt es nicht mehr darauf an, ob er noch jemanden töten muss, um sein Ziel zu erreichen.«

»Das sehe ich genauso«, stimmt Kaltenbach zu. »Daher ist es unbedingt erforderlich, dass Maren untertaucht. Und zwar sofort, ohne noch einmal in unsere Wohnung zurückzukehren.«

Sandman nickt zustimmend. »Richtig, andernfalls bestünde auch die Gefahr, dass ihr euch verplappert und schon wäre es vorbei mit einem geheimen Plan. Ich schlage vor, du holst nach dem Essen alles aus der Wohnung, was Maren braucht, und kommst zurück. Achte aber bitte auf mögliche Verfolger.« Er wendet sich Maren zu. »Du solltest hierbleiben, bis unser Labor eure Smartphones nach Wanzen untersucht hat. Danach fährt dich Clemens an einen Ort, wo dich niemand vermutet.«

Kaltenbach reicht Sandman das Papiertaschentuch, mit dem sich Maren die Spucke aus dem Gesicht gewischt hat. »Könntest du bitte auch eine DNA-Analyse veranlassen? Ich bringe dir nachher noch was von Gunnar zum Vergleich mit.«

Sandman sieht ihn fragend an. »Du denkst, es könnte tatsächlich Gunnar Neuhaus sein? Falls beide DNA-Proben übereinstimmen, sollten wir sein Grab öffnen lassen.«

»Niemals.« Maren Petersen schreit entsetzt auf. »Das kommt überhaupt nicht infrage. Lasst Gunnar seine Ruhe.«

Kaltenbach legt ihr beschwichtigend eine Hand auf den Arm. »Morgen fahre ich noch einmal nach Verden und befrage den Pathogen Dr. Kleinschmidt über die Obduktion von Gunnar. Danach sehen wir weiter. Ich möchte auch nicht, dass Gunnars Grab geöffnet wird.« Er wendet sich an Sandman. »Das Gespräch mit dem Pathogen hat mir Gunnar II. nahegelegt, als ob ich dort die Erklärung für die angebliche Auferstehung von Gunnar Neuhaus finden könnte.«

Montag, 25. Juli

Kaltenbach hat unruhig geschlafen. Obwohl er das Schloss der Wohnungstür ausgetauscht hat, hat er wieder Konservendosen davor gestellt.

Gestern ist er nach dem Essen nach Hause gefahren, hat die Sachen zusammengepackt, die Maren ihm aufgeschrieben hatte und ist damit zu Sandman zurückgekehrt. Verfolgt hat ihn niemand, dafür würde er seine Hand ins Feuer legen.

In der Nacht hat er wieder Marens Abschiedsblick vor Augen gehabt, in dem die Bitte gelegen hat, sie mitzunehmen. Angst hat sie umgeben wie zäher Nebel, der alles in seinem Inneren umschließt, als wolle er es nie wieder freigeben. Wenn sie bei Markus nicht sicher aufgehoben ist, wo dann?, hat er sich gefragt. Später ist ihm eingefallen, dass sie sich vor zwei Jahren schon einmal auf Markus verlassen musste, als es darum ging, bei einer Freundin in Oyten unterzutauchen. Dennoch hat der Täter sie gefunden. Es ist zwar nicht Markus´ Schuld gewesen, aber die seiner Sekretärin, die sich vom Täter hat bezirzen lassen. Kaltenbach geht duschen, um sich seine Müdigkeit vom Körper zu spülen. Morgen bringe ich Maren an einen Ort, von dem bloß ich weiß, beruhigt er sich.

Nach einem schnellen Frühstück ruft Kaltenbach Brigitte Bunk an und nimmt sich eine Woche Urlaub. Noch ist er nicht Leiter des Feuilletons und daher eher ersetzbar. Anschließend geht er zu seinem Auto. Die zerstochenen Vorderreifen hat seine Werkstatt bereits am frühen Morgen gewechselt.

Wohl ist ihm nicht bei dem Gedanken, die Polizei in Verden zu besuchen. Aber er will nur in die Pathologie und es müsste schon im wahrsten Sinn des Wortes mit dem Teufel zugehen, wenn ihm Hauptkommissar Novak über den Weg laufen sollte. Er findet gleich einen Parkplatz, auf dem ein Schild den Weg zur Pathologie weist. Die Eingangstür ist verschlossen, niemand reagiert auf sein Klopfen. Er blickt sich suchend um und entdeckt einen unscheinbaren Klingelknopf. Kaltenbach klingelt, wieder ohne Erfolg. Als er kurz davor ist, die Hoffnung aufzugeben, erscheint ein etwa dreißigjähriger Mann, der einen grünen Kittel und eine grüne Kopfbedeckung trägt. Vor seinem Hals baumelt ein Mundschutz in derselben Farbe. »Tut mir leid, auf unangemeldeten Besuch sind wir nicht vorbereitet, zumindest nicht auf lebenden. Was kann ich für Sie tun?«

»Ich möchte Dr. Kleinschmidt sprechen.«

»Dr. Kleinschmidt? Den gibt es hier nicht. Sie sind in der Pathologie, verwechseln Sie uns mit dem Krankenhaus?«

Kaltenbach stöhnt auf. »Guter Mann, ich war mal Polizeireporter und weiß, wovon ich rede. Vor zwei Jahren, Mitte Juli, ist hier ein Mann namens Gunnar Neuhaus obduziert worden. Der Pathologe soll Dr. Kleinschmidt gewesen sein.«

Der Pathologiemitarbeiter zögert kurz. Dann reicht er Kaltenbach die Hand. »Mein Name ist Frank Müller, warten Sie bitte hier auf dem Flur, ich frage Dr. Michaelis.«

Es dauert nur eine Minute, bis aus einer Tür eine rund vierzigjährige Frau tritt, die ihre dunkelbraunen Haare zu einem Pferdeschwanz gebunden hat. Trotz ihres Outfits, das dem von Frank Müller entspricht, findet Kaltenbach sie attraktiv. Ihr freundliches Gesicht strahlt Wärme aus, von der ihre Patienten allerdings nicht mehr profitieren. Durch ihren festen Händedruck unterstreicht sie ihre Entschlossenheit. »Linda Michaelis, Sie möchten Dr. Kleinschmidt sprechen? Harald ist leider tot. Um was geht es denn, kann ich Ihnen helfen?«

»Erst einmal danke, dass Sie sich Zeit für mich nehmen. Mein Freund Gunnar Neuhaus ist vor zwei Jahren ermordet worden, genau gesagt am 11. Juli. Und jetzt habe ich einen Hinweis erhalten, dass Dr. Kleinschmidt mir etwas über die Obduktion sagen könne. Eine sehr geheimnisvolle Andeutung, ich habe gehofft, durch ein Gespräch mit Dr. Kleinschmidt Licht in das Dunkel bringen zu können.«

»Wenn Sie Zeit haben, hole ich die Akte.«

Kaltenbach nickt und steht wieder allein auf dem sterilen Flur.

Linda Michaelis kommt ohne Mundschutz und Akte zurück, stattdessen hat sie eine Schachtel Zigaretten in der Hand. »Lassen Sie uns nach draußen gehen, ich wollte sowieso eine Pause machen.«

Sie hält Kaltenbach die Zigarettenschachtel hin, doch der schüttelt den Kopf. »Ich bin ein unbekehrbarer Nichtraucher.«

»Als Pathologe würden Sie auch rauchen, allein schon, um den Geruch des Todes loszuwerden.« Sie zündet sich eine Zigarette an.

»Sie haben ihren Beruf doch sicherlich freiwillig gewählt?«

Die Pathologin zieht an ihrer Zigarette. »Wie man´s nimmt. Mein Vater ist praktischer Arzt. Ich sollte später seine Praxis übernehmen. Nach dem Studium habe ich mich aber für die Toten entschieden, denen kann ich nicht mehr wehtun. Mein Gott, so sehr habe ich mein Seelenleben noch nie vor einem Fremden ausgebreitet.«

»Ich strahle eben Vertrauen aus. Schon in jungen Jahren sind alle potenziellen Schwiegermütter von mir begeistert gewesen.«

»Da bin ich aber beruhigt.« Sie nimmt wieder einen tiefen Zug und bläst den Rauch gen Himmel. »Sie sind bestimmt nicht hier, um über meine Eigenheiten zu diskutieren.«

»Und Sie wollen offensichtlich nicht über die Obduktion sprechen. Die Akte haben Sie jedenfalls nicht mitgebracht.«

Linda Michaelis drückt ihre Zigarette aus. »Die brauchen wir auch nicht. Laut Akte hat die Obduktion ihres Freundes keine Auffälligkeiten ergeben. Er ist mit einem stumpfen Gegenstand erschlagen worden. Und Harald Kleinschmidt, der damals die Pathologie geleitet hat, ist fünfzehn Tage nach dem Tod ihres

Freundes, also morgen vor zwei Jahren, zu Hause verunglückt. Er ist eine Treppe heruntergefallen und hat sich dabei das Genick gebrochen. Das war für uns alle hier ein Schock, denn er war ein sehr netter und allseits geachteter Kollege.«

Kaltenbach knetet sein Kinn zwischen Daumen und Zeigefinger. »Hat die Polizei ein Fremdverschulden beim Tod von Dr. Kleinschmidt ausgeschlossen?«

»Was wollen Sie damit sagen?«

»Naja, ein erfahrener Pathologe sollte wissen, was passieren kann, wenn er leichtsinnig eine Treppe heruntergeht. Haben Sie ihn obduziert?«

Sie schaut zu Boden. »Nein. Und wenn Sie behaupten, das sei unprofessionell gewesen, haben Sie sogar bis zu einem gewissen Grad recht. Allerdings hat die Kripo ein Fremdverschulden von Anfang an ausgeschlossen.«

»Meinen Sie mit der Kripo Hauptkommissar Novak?«

Linda Michaelis zuckt zusammen. »Sie kennen ihn?«

»Leider, er wollte mir vor zwei Jahren den Mord an Gunnar Neuhaus anhängen und letztens den Tod von Björn Hiller, der hier auf dem Waldfriedhof erschossen worden ist.«

»Ich habe schon befürchtet, Sie seien mit ihm befreundet.«

»Eher schwimme ich zum Mond.«

Sie lächelt erleichtert. »Jetzt müssen Sie mich aber aufklären, warum Sie zwei Jahre nach der Ermordung Ihres Freundes hier aufkreuzen und nach seiner Obduktion fragen.«

Kaltenbach zögert kurz, weil er sich nicht sicher ist, was er preisgeben darf. Andererseits, was soll´s. »Ob Sie´s glauben oder nicht, der Tote hat mir den Tipp gegeben.«

Linda Michaelis´ Blick ist nun der eines Psychiaters. »Sie haben also Kontakt zum Jenseits?«

»Schon lange. Spaß beiseite, der Mann, der mir gesagt hat, ich soll Dr. Kleinschmidt befragen, sieht nicht nur exakt so aus wie mein ermordeter Freund, er behauptet auch, dieser zu sein.«

Linda Michaelis zündet sich eine weitere Zigarette an. »Und Sie glauben ihm?«

Kaltenbach wedelt den Rauch weg, der droht, ihm in die Nase zu ziehen. »Natürlich nicht. Aber der Mann muss mit seiner Behauptung einen Zweck verfolgen. Möglicherweise will er sich bloß wichtigmachen. Oder er möchte auf einen Fehler von Dr. Kleinschmidt hinweisen. Oder, was am schlimmsten wäre, Dr. Kleinschmidt hat etwas über den Tod von Gunnar Neuhaus herausgefunden und musste deshalb sterben.«

Linda Michaelis gesunde Gesichtsfarbe weicht einem unansehnlichen Blass. »Jetzt entwickeln Sie aber ein Horrorszenario.«

»Tut mir leid, aber ich dachte, Pathologen seien hartgesotten.«

»Alles nur Schein, in Wirklichkeit sind wir äußerst sensibel.«

»So sensibel, dass Sie in den Unterlagen, die Dr. Kleinschmidt nach der Obduktion meines Freundes angelegt hat, selbst den kleinsten Hinweis finden würden?«

»Ich sehe die Unterlagen noch einmal durch und spreche mit dem Kollegen, der damals assistiert hat. Aber haben Sie keine zu großen Erwartungen.«

Kaltenbach setzt sein strahlendstes Lächeln auf. »Immerhin ist es eine kleine Chance.«

»Geben Sie´s zu, Sie hoffen darauf, mich wiederzusehen.«

»Lebte ich nicht in einer festen Beziehung, würde ich gar nicht erst gehen.«

Linda Michaelis reicht ihm die Hand. »Sie sind mir vielleicht einer. Kommen Sie doch noch mal vorbei, wenn ich Haralds Notizen genau unter die Lupe genommen habe.«

»Mache ich.« Er hält ihr die Tür auf und geht zu seinem Wagen zurück. Schon von Weitem sieht er das Blatt Papier, das an der Windschutzscheibe hinter seinem Scheibenwischer klemmt. Wieder die Handschrift, die ihn an die von Gunnar erinnert. NETTE FRAU, DIESE LINDA, ODER? DU MUSST SIE MAL IM BETT ERLEBEN. ALLES GUTE, DEIN GUNNAR.

Kaltenbach dreht sich nach allen Seiten um. Niemand zu sehen. Er inspiziert sein Auto. Kein Schaden zu erkennen, selbst die Reifen sind noch ganz. Und hinter den Vordersitzen versteckt sich auch niemand. Soll er es wagen, den Wagen zu starten? Zu einer Explosion würde es Gunnar II. wohl nicht kommen lassen? Das Ergebnis, das damit verbunden wäre, hätte er gestern mit dem Messer leichter erreichen können. Sicherheitshalber schaut Kaltenbach unter den Wagen, lässt die Fahrertür offen und schnallt sich noch nicht an. Seine Hand zittert leicht, als er den Motor anlässt, der aber problemlos startet.

Er wählt Wagners Handynummer. »Hallo Jens, ich hätte einen neuen Auftrag für dich, sofern du Zeit hast?«

»Klar doch, schieß los.«

»Es geht um Dr. Linda Michaelis. Sie ist Pathologin bei der Gerichtsmedizin in Verden. Guck mal, was du im Internet über Sie findest und wo sie wohnt. Anschließend beziehst du vor der Gerichtsmedizin Stellung, verfolgst sie, wenn sie Feierabend macht und beobachtest, ob und mit wem sie sich trifft.«

»Und woran erkenne ich die Dame?«

»Sie ist etwa so groß wie ich, sehr attraktiv, wie ich, und sie hat ein hübsches Gesicht und lange dunkelbraune Haare, die sie in ihrem Job zu einem Pferdeschwanz bindet. Wie sie sich kleidet, weiß ich nicht. Ich habe sie nur in ihren Arbeitsklamotten gesehen. Ach, da ist noch was: Nimm bitte keinen Kontakt zu Maren oder mir auf, weder telefonisch noch via Mail oder persönlich. Ich melde mich bei dir.«

Kaltenbach fährt über Achim, wo er in der Innenstadt eine Pizza isst, nach Bremen ins Polizeipräsidium. Sandman begrüßt ihn, bittet ihn aber, kurz in einem Besprechungsraum zu warten, weil er noch etwas mit einem Kollegen bereden müsse. Nach Kaltenbachs Empfinden ist es heute im Präsidium unnatürlich ruhig. In dem zweckmäßig karg eingerichteten Raum dringen weder Geräusche vom Flur noch ein Martinshorn vom Hof an seine Ohren.

Sandman steckt seinen Kopf durch die Tür. »Hallo Clemens, es kann losgehen. Der Kaffee läuft schon durch.«

Er folgt dem Hauptkommissar in dessen Büro. Wie immer schwebt der Geruch von Pfeifentabak im Raum. Sandman deutet auf den Besucherstuhl. »Nimm Platz, ich habe die Ergebnisse der DNA-Analyse und vom Smartphone-Test. Die untersuchte DNA ist mit der von Gunnar Neuhaus identisch.«

Kaltenbach lässt sich auf den Stuhl plumpsen. »Dann ist es tatsächlich Gunnar? Warum tut er uns das an?«

Sandman zuckt mit den Schultern. »Eineiige Zwillinge haben zunächst die gleiche DNA, die sich später aber in der Regel aufgrund verschiedener Lebensgewohnheiten verändert. Insofern kann er es sein, was aber unwahrscheinlich ist, weil du seine Leiche gefunden hast.«

Kaltenbach stöhnt auf. »Ich fahre noch einmal nach Verden zu der Hebamme. Sie muss mehr wissen, als sie zugibt. Ich werde sie unter Druck setzen, egal wie alt sie ist.«

»Mach das, Clemens. Mir liegt noch etwas anderes auf der Seele: Du solltest Maren nicht in einem Hotel unterbringen. Bei uns ist sie sicherer. Ich bin ja noch sechs Tage da und auch danach wird es noch Wochen bis zu unserem Umzug dauern. Wir wollen nichts überstürzen und uns in Ruhe ein neues Haus suchen.«

»Ich werde mit Maren darüber reden. Wie du weißt, hat sie ihre eigenen Vorstellungen. Aber danke Markus, es ist schön, jemanden zu haben, auf den man sich verlassen kann. Schade dass ihr wegzieht.«

»Wir sind auch dann nicht aus der Welt.« Er hebt entschuldigend die Arme. »Tut mir leid, die Pflicht ruft.«

»Du hast noch gar nicht gesagt, was mit unseren Mobiltelefonen ist.«

Sandman zieht die Smartphones aus seiner Jackentasche. »Entschuldigung, das hätte ich vergessen. Eure Handys könnt ihr wieder benutzen. Die Technik hat keine Wanzen gefunden.«

Dienstag, 26. Juli

Kaltenbach ist froh, dass sich Maren gestern Abend so leicht hat überreden lassen, bei den Sandmans zu bleiben. Nun, die Argumente, die dafür sprechen, sind schlüssig.

Er findet Monika Ostertag im Garten des Altenheims, wo sie in ihrem Rollstuhl sitzt und sich die Sonne ins Gesicht scheinen lässt. Die ehemalige Hebamme hat ihn noch nicht gesehen. Eine Pflegefachkraft kann Kaltenbach nicht entdecken. Flucht ausgeschlossen, freut er sich still. Er möchte aber vermeiden, die Alte zu erschrecken. Deshalb nähert er sich ihr von vorn, damit sie ihn rechtzeitig sehen kann.

»Was wollen Sie denn schon wieder?«, empfängt sie ihn unfreundlich. »Ich habe Ihnen nichts zu sagen.«

»Frau Ostertag, bei meinem letzten Besuch sind Sie mir Antworten schuldig geblieben. Genauer gesagt, haben Sie mich angelogen.«

In Monika Ostertags Blick liegen Empörung und auch eine Spur Angst. »Sie sind unverschämt, wissen Sie das? Wenn Sie nicht auf der Stelle verschwinden, rufe ich das Pflegepersonal.«

»Nur zu, dann komme ich mit der Polizei wieder.« Kaltenbach beugt sich zu der Alten herunter. »Frau Ostertag, ich will Ihnen nichts Böses, aber Sie verheimlichen mir etwas und ich bin nun mal auf diese Informationen angewiesen.«

Sie greift an die Räder ihres Rollstuhls und dreht ihn auf der Stelle, um ihm den Rücken zuzuwenden. »Hauen Sie ab und lassen Sie mich in Ruhe.«

Kaltenbach packt den Rollstuhl an der Rückenlehne und dreht ihn zurück. »Schluss jetzt, hören Sie auf, Altersstarrsinn vorzutäuschen. Gunnar Neuhaus ist vor zwei Jahren ermordet worden. Daran gibt es keinen Zweifel, ich selbst habe seine Leiche gefunden. Nun taucht er angeblich wieder auf, ein Mann mit der DNA von Gunnar. Die einzige Erklärung für diese Auferstehung ist, dass Gunnar einen Bruder hatte und dass es sich um eineiige Zwillinge handelt.« Kaltenbach nähert sich mit seinem Gesicht dem der Alten so weit, dass er ihren Atem riecht. »Anders kann es nicht sein, das weiß die Polizei und das wissen auch Sie. Also raus mit der Sprache.«

Monika Ostertag schüttelt den Kopf. Eine Geste, die eher Resignation als Ablehnung ausdrückt. »Wenn die Beweise so klar sind, was soll´s?« Sie ringt ihre Hände. »Es stimmt, die Neuhaus haben eineiige Zwillinge bekommen. Sie haben es bei einer Ultraschalluntersuchung erfahren, es war ein Schock. Das Fotogeschäft hat damals nicht genug abgeworfen, um vier Menschen zu ernähren, geschweige denn, zwei Kindern eine vernünftige Ausbildung zu ermöglichen. Deshalb haben sie sich entschlossen, nur einen der Söhne zu melden und den anderen auszusetzen.« Sie wischt sich eine Träne aus dem Augenwinkel. »Ich schäme mich heute dafür, das Kind, das nicht einmal einen Namen bekommen hatte, gleich nach der Heimgeburt einem Ehepaar in Bremen-Vegesack vor die Tür gelegt zu haben. Das Paar hatte sich immer ein Kind gewünscht, konnte aber selbst keins bekommen. Weil die Pflegeeltern weit genug entfernt von Verden wohnten, war davon auszugehen, dass niemand einen Bezug zwischen den beiden Kindern herstellen könne. Und dass sie sich nie über den Weg laufen würden.«

»Danke, Frau Ostertag, es wird Ihnen bestimmt guttun, sich diese Geschichte von der Seele geredet zu haben. Sicherlich wissen Sie auch noch, wie die Pflegeltern heißen und unter welcher Adresse sie gewohnt haben?«

Sie blickt zur Seite. »Tut mir leid, junger Mann, aber das ist etwa vierzig Jahre her. Daran kann ich mich heute wirklich nicht mehr erinnern. Auch nicht, wenn Sie die Polizei rufen.« Monika Ostertag zögert kurz, gibt sich aber einen Ruck. »Es mag albern klingen, aber das Kind ist mir ohne Namen verloren vorgekommen. Deshalb habe ich ihm einen Zettel mit dem Namen Malte in die Decke gesteckt, in die es gewickelt war.«

Da Kaltenbach ohnehin in Verden ist, überlegt er, in der Pathologie vorbeizuschauen und Linda Michaelis zu fragen, ob sie den Obduktionsbericht noch einmal studiert hat. Vorher möchte er sich in dem Café in der Fußgängerzone ein Stück Kapuzinertorte gönnen. Und vielleicht noch einen Mohrenkopf? Außerdem sollte er Jens anrufen, bevor er die Michaelis trifft. Er wählt Jens´ Handynummer. Unruhig geht er auf und ab. Endlich hört er, dass der Hörer abgenommen wird, aber auch, wie er zu Boden fällt, gefolgt von einem Fluch. »Wagner.«

»Was ist los, Jens, pennst du noch?«

Wagner gähnt, ehe er antwortet. »Tut mir leid, Clemens, ich habe letzte Nacht schlecht geschlafen.«

»Hast du was Verdächtiges über Linda Michaelis herausgefunden?« Er wartet vergebens auf eine Antwort. »Hallo Jens, hat es dir die Sprache verschlagen?«

»Mann, ich habe doch den Kopf geschüttelt.«

»Das kann ich von hier aus nicht sehen. Also, was haben deine Recherchen erbracht?«

Wagner gähnt wieder. »Nichts, wenn du mich fragst. In der Pathologie hat sie niemand besucht. Nach der Arbeit ist sie mit ihrem Auto nach Hause gefahren. Eine Dreiviertelstunde später ist sie wieder rausgekommen und zu einem Italiener gegangen, genau gesagt in ein italienisches Restaurant. Dort hat sie einen kleinen Salat und Spaghetti mit Meeresfrüchten gegessen und einen Viertelliter Soave getrunken. Danach ist sie wieder nach Hause gegangen.«

»Alleine?«

»Nee.«

Kaltenbach stampft mit dem rechten Fuß auf. »Mensch Jens, muss ich dir jedes Wort aus der Nase ziehen. Was war das für ein Typ, wo hat sie den aufgegabelt?«

»Aufgegabelt, das klingt mir zu negativ.« Wagner räuspert sich. »Clemens, ich höre dir an, dass du mit meiner Arbeit unzufrieden bist. Aber mehr gibt es nun mal nicht zu berichten.«

»Du bist also mit Linda Michaelis in die Wohnung gegangen und hast dort eine schlaflose Nacht verbracht. Das nenne ich, vorsichtig ausgedrückt, eine fragwürdige Berufsauffassung. Du solltest sie beschatten, nicht begatten.« Verärgert drückt Kaltenbach das Gespräch weg. Jens ist zu gutgläubig, denkt er, sieht immer zuerst das Positive in den Menschen, denen er begegnet. Und das als Privatdetektiv. Deshalb konnte ihn Hiller damals auch einwickeln und für seine Dienste gewinnen.

Der Appetit auf Torte ist Kaltenbach vergangen. Auch die Lust darauf, noch einmal in die Pathologie zu fahren. Was sollte das noch bringen? Sein Smartphone klingelt. Er will lospoltern und Jens anschnauzen, erkennt aber noch rechtzeitig, dass ihm die Nummer des Anrufers unbekannt ist. »Kaltenbach.«

»Linda Michaelis, wir sollten uns sehen.« Ihre Stimme hallt nach, sie sitzt in einem Auto.

Kaltenbach unterdrückt seinen Ärger. »Wie ich höre, sind Sie unterwegs. Sagen Sie nicht, Sie seien in Bremen, ich bin nämlich in Verden.«

»Das passt optimal. In einer Viertelstunde am Eingang des Waldfriedhofs. Ich warte dort auf Sie.« Dieses Mal ist es wieder Kaltenbach, dem ein Gespräch weggedrückt wird.

Er biegt auf den kleinen Parkplatz des Waldfriedhofs ein. Eigentlich wollte er hier nicht so schnell wieder herkommen. Linda Michaelis lehnt rauchend an ihrem Wagen. Als er aussteigt, tritt sie ihre Zigarette aus.

»Hallo, Frau Dr. Michaelis.«

»Linda ist kürzer, das spart Zeit.«

Er reicht ihr die Hand. »Okay Linda, Sie haben einen seltsamen Ort für ein Treffen vorgeschlagen.«

Sie lacht. »Ich habe heute Nachmittag frei und wollte ohnehin zum Friedhof. Sie fürchten sich ja wohl nicht vor Untoten, oder?«

»Hier wollte vor ein paar Tagen dieser Hiller auf mich schießen, dessen Tod mir Novak anhängen wollte. Hiller müsste danach auf Ihrem Tisch gelandet sein. Angesichts dieser Geschehnisse zieht mich dieser Ort nicht gerade magisch an. Und was ist mit Ihnen? Gehen Sie hier jeden Tag spazieren, um sich schon mal nach einer Grabstelle umzusehen?«

»Unsinn.« Sie öffnet den Kofferraum ihres Wagens und nimmt einen eingewickelten Blumenstrauß heraus. »Harald ist heute zwei Jahre tot und ich möchte sein Grab besuchen.« Sie bemerkt Kaltenbachs fragenden Blick. »Ja, wir waren ein Paar. Nicht nur das, wir wollten auch heiraten. Das Aufgebot war schon bestellt.« Sie wendet den Blick ab. »Nun wissen Sie genau Bescheid, Clemens.«

»Das tut mit ehrlich leid.«

»Sie können ja nichts dafür. Gehen wir.«

Das Quietschen der Friedhofstür dringt Kaltenbach durch Mark und Bein. »Jetzt weiß er wieder, dass wir kommen.«

Linda Michaelis ist vorausgegangen und dreht sich zu Kaltenbach um. »Wer weiß, dass wir kommen.«

»Ach vergessen Sie´s, Linda.«

Sie bleibt stehen. »Wenn ich etwas hasse, dann sind es Andeutungen und wenn man mir ausweicht, falls ich mehr wissen möchte.«

Kaltenbach hebt entschuldigend die Arme. »Es ist absoluter Schwachsinn, aber wenn Sie unbedingt wollen, dass ich mich lächerlich mache, erzähle ich es Ihnen.« Er atmet tief ein, als wolle er Luft für eine Opernarie sammeln. »In den letzten Tagen bin ich zweimal hier gewesen. Jedes Mal ist mir dieser absurd scheinende Gedanken gekommen und jedes Mal ist der Mann hier gewesen, der vorgibt, Gunnar Neuhaus zu sein.«

»Kein Wunder, der wohnt schließlich hier.«

»Sie nehmen mich nicht ernst, Linda.«

»Doch, ein ungutes Gefühl haben Sie schon in mir erzeugt.« Sie zeigt auf einen Weg, der schräg rechts über den Friedhof führt. »Da entlang.«

Der Waldfriedhof ist Kaltenbach nach wie vor unheimlich. Warum ist ihm das nicht schon bei Gunnars Beerdigung aufgefallen? Der Friedhof ist zwar schön angelegt, aber er würde angesichts der letzten Ereignisse ein übersichtliches Gelände vorziehen.

Linda Michaelis bleibt vor dem Grab von Harald Kleinschmidt stehen. Kaltenbach hält Abstand und lässt sie mit ihren Erinnerungen allein. Mit den eingewickelten Blumen in der Hand und ihrer leicht gebückten Haltung weckt sie seinen Beschützerinstinkt. Schließlich bewegt sie sich wieder, fasst hinter den Grabstein und zieht eine hohe Kunststoffvase hervor. »Sind Sie so lieb und holen Wasser?«

Als er zurückkommt, hat sie die Blumen ausgewickelt. Es sind rote Rosen, deren Stiele sie noch einmal anschneidet. Rote Rosen, wie auf dem Grab von Gisela Hansen, aber das dürfte Zufall sein, denkt Kaltenbach. Ich sollte nicht in jeder Kleinigkeit eine Verbindung sehen. Linda Michaelis stellt die Rosen in die Vase, die sie in der Mitte des Grabes in die Erde steckt. »Eine Alte wird den

Strauß klauen und ihn auf das Grab ihres Ex stellen, den sie zu Tode gepflegt hat. Zumindest beweise ich meinen guten Willen. Gehen wir, dahinten steht eine Bank. Sie sind ja sicherlich gekommen, um etwas zu erfahren, nicht um mich auf den Friedhof zu begleiten?«

Kaltenbach wartet, bis sie sich gesetzt haben. »Nun bin ich aber wirklich neugierig, Linda. Haben Sie im Obduktionsbericht was Neues gefunden?«

Linda Michaelis schüttelt den Kopf. »Aber in einer Kladde, in der Harald sich Notizen gemacht hat.« Sie legt Kaltenbach eine Hand auf den Arm. »Was jetzt kommt, ist wirklich gruselig: Harald hat notiert, nach dem Mord an Gunnar Neuhaus habe ihn ein Mann aufgesucht, der genauso ausgesehen haben soll, wie der Tote. Der Mann habe verlangt, Harald solle den Obduktionsbericht fälschen und schreiben, er habe Spuren von Arsen im Körper des Toten gefunden und dass aufgrund des Zustandes der Leiche auf eine Zuführung von Arsen über einen längeren Zeitraum auszugehen sei. Für diese Gefälligkeit hat der Mann Harald fünftausend Euro geboten. Ich habe von der Kladde gewusst, nicht aber die Inhalte gekannt. Ich hätte es für pietätlos gehalten, in Unterlagen zu wühlen, die er mir nicht selbst gezeigt hat. Harald wollte mich wohl nicht beunruhigen. Jetzt habe ich das mir selbst gegebene Versprechen Ihretwegen gebrochen. Ich hoffe, es dient der Gerechtigkeit.«

Kaltenbach beugt sich auf der Bank vor, stützt seine Ellenbogen auf die Knie und bedeckt sein Gesicht mit den Händen. »Das heißt, er arbeitet bereits seit zwei Jahren an seinem Plan, an seiner angeblichen Rache.«

Linda Michaelis legt eine Hand auf seinen Arm. »Wer?«

Kaltenbach flüstert, als fürchtete er, Gunnar II. könne hinter ihm stehen. »Der Zwillingsbruder von Gunnar Neuhaus, meines Freundes beziehungsweise Exfreundes. Ich weiß erst seit heute Vormittag, dass Gunnar einen Zwillingsbruder hatte. Vermutet habe ich es aber schon seit Tagen.« Er lehnt sich wieder zurück und sieht ihr in die Augen. »Sie müssen verschwinden, Linda, er kennt Sie.«

»Wieso sagen Sie das, wollen Sie mir Angst machen?«

Kaltenbach reicht ihr das Blatt Papier, das hinter seinem Scheibenwischer geklemmt hat. NETTE FRAU, DIESE LINDA, ODER? DU MUSST SIE MAL IM BETT ERLEBEN. ALLES GUTE, DEIN GUNNAR.

Sie wendet sich ab. »Das ist widerlich.«

Er öffnet sein Portemonnaie und zieht ein Bild von Gunnar Neuhaus hervor. »Kennen Sie diesen Mann, Linda? Hat er versucht, Kontakt zu Ihnen aufzunehmen?«

»Ich lasse mich nicht anbaggern. Wenn, dann suche ich mir die Männer selbst aus. Hin und wieder brauche ich eben einen. Oder meinen Sie, ich will abends immer alleine rumsitzen, wenn ich tagsüber bloß mit Toten kommuniziert habe? Die erzählen mir immer nur von ihren tödlichen Verletzungen oder Vergiftungen. Soll ich nach Dienstschluss noch darüber grübeln, wer sie so böse zugerichtet hat, weil sie mir das nicht selbst verraten wollten? So was zieht einen doch runter.«

»Deshalb haben Sie gestern Jens Wagner mit nach Hause genommen?«

»Woher wissen Sie davon?«

»Regen Sie sich bitte nicht auf. Jens ist Privatdetektiv, ich habe ihn beauftragt, Sie und Ihr Umfeld zu beobachten.«

Linda springt auf. »Ticken Sie noch richtig?«

»Das ist Routine. Bei dieser Geschichte geht es um Leben und Tod. Hiller ist getötet worden und wenn Sie mich fragen, auch Ihr Harald. Und das nur, um etwas zu vertuschen, einen Racheplan oder was weiß ich.« Er klopft mit der flachen Hand auf die Bank. »Bitte, Linda, setzen Sie sich wieder.«

Sie bleibt stehen, stemmt ihre Fäuste gegen die Hüften. »Sie haben diesen Typen hergelockt. Der taucht doch nicht zwei Jahre nach dem Tod von Harald mir nichts dir nichts wieder auf.«

»Mir ist niemand gefolgt, darauf habe ich geachtet. Am Sonntag hat er uns zu Hause überfallen und erstaunt getan, dass ich noch nicht mit Dr. Kleinschmidt über die Obduktion der Leiche meines besten Freundes gesprochen habe. Als läge dort des Rätsels Lösung. Deshalb bin ich hergekommen. Er hat das geahnt und vor der Pathologie auf mich gewartet.« Kaltenbach steht ebenfalls auf. »Linda, auch wenn Sie den Mann nicht kennen: Er kennt Sie! Daher hielte ich für das Beste, Jens würde künftig auf Sie aufpassen.«

»Ich brauche keine Betreuung.«

»Sie sollten mir vertrauen und meinen Ratschlag annehmen, Linda. Oder sagen Sie mir wenigstens, ob Sie auch rote Rosen für Ihr Grab wünschen.«

»Sehr witzig, ich muss los.« Sie schaut auf ihre Armbanduhr. »Ein bisschen Zeit hätte ich allerdings noch. Zeigen Sie mir bitte das Grab von Gunnar Neuhaus.«

»Gern, aber das liegt am Rand des Friedhofs.« Er deutet in die Richtung.

Ein Vogel fliegt auf und lässt Linda Michaelis zusammenzucken. Kaltenbach kann sich ein Lächeln nicht verkneifen. »Sie zittern ja jetzt schon, wie soll das erst werden, wenn der Tote vor Ihrer Tür steht?«

»Sie mutieren langsam zu einem Spaßvogel, Clemens. Sie sollten Comedian werden.«

»Das ist Galgenhumor. Sie nehmen die Sache auf die leichte Schulter. Ich mache mir Sorgen um Sie.«

»Wie lieb von Ihnen.«

»So bin ich nun mal. Nach der nächsten Biegung können wir das Grab sehen.« Er hebt einen Arm. »Dort ist es.«

»Da hat auch jemand Rosen draufgestellt.«

Kaltenbach beschleicht ein mulmiges Gefühl. »Ich bin es nicht gewesen.«

Linda Michaelis beschleunigt ihre Schritte. »Das sind meine Rosen, das erkenne ich genau, auch an der Vase. Sehen Sie die kleine Kerbe am oberen Rand? Es gibt keinen Zweifel.« Sie dreht sich hektisch um. »Was passiert hier?«

»Er ist auf dem Friedhof, beobachtet jeden unserer Schritte und spielt mit uns.«

Linda Michaelis wird immer nervöser. Kaltenbach packt Sie an den Schultern. »Beruhigen Sie sich, Linda. Wollen Sie die Blumen wieder zurückstellen?«

»Bloß weg hier.«

Kaltenbach blickt sich prüfend um. »Wenn er uns auflauert, wird er davon ausgehen, dass wir den kürzesten Weg zum Ausgang wählen. Deshalb sollten wir einen Bogen machen und vorn an der Straße zur Tür gehen.«

»Er wird uns verfolgen.«

»Das denke ich auch. Aber welche Alternativen hätten wir? Wollen Sie lieber hier warten bis es dunkel wird oder sollen wir uns trennen und über verschiedene Wege zu den Autos zurückgehen?«

Linda Michaelis´ Smartphone klingelt. Sie nimmt den Anruf an, hält das Smartphone aber sofort vom Ohr weg. Aus dem Lautsprecher ertönt Lacrimosa aus dem Requiem von Mozart. Sie unterbricht die Verbindung.

Kaltenbach nimmt ihre Hand. »Kommen Sie Linda. Glauben Sie mir jetzt, dass er Sie kennt?«

Ihre Augen sind weit aufgerissen. »Aber was will er von mir?«

»Eventuell benutzt er Sie nur, um mich zu verunsichern oder um mir eine falsche Fährte zu legen. Beispielsweise, um mich von einer anderen Spur abzubringen.« Er zieht leicht an ihrer Hand. »Los, bevor er sich noch mehr Späßchen einfallen lässt.«

Linda Michaelis will zum Ausgang laufen. Kaltenbach hält sie zurück. »Das ist eine Frage der Ehre. Oder meinen Sie, ich möchte auch noch sein Hohngelächter hören?«

»Sie haben vielleicht Probleme. Wollen Sie etwa gemütlich schlendern und in aller Seelenruhe die Inschriften der Grabsteine studieren?«

»Wenn er uns was antun wollte, hätte er das längst erledigt. Lassen Sie uns normal zurückgehen. Anschließend begleite ich Sie nach Hause und rufe Jens Wagner an.«

Linda Michaelis antwortet nicht. Unbehelligt erreichen sie den Ausgang.

»Da hier bloß unsere zwei Autos stehen, wird er etwas entfernt parken, um zu vermeiden, dass wir seine Identität über sein Kfz-Kennzeichen herausfinden«, sagt Kaltenbach »Ich wollte Sie auf dem Friedhof nicht noch mehr ängstigen, Linda, aber es ist doch klar, dass der Mann heute nicht meinetwegen hier ist. Er hat auf Sie gewartet, denn er weiß, Sie würden an Haralds Todestag kommen.« Er sieht die Pathologin scharf an. »Verbergen Sie ein Geheimnis?«

Linda Michaelis lächelt gequält. »Hören Sie, Clemens, es liegt in der Natur von Geheimnissen, dass sie im Verborgenen blühen. Aber ich kann Sie beruhigen, ich halte keine Informationen zurück. Abgesehen davon dürfte sich der Mann denken können, dass auch Sie inzwischen Haralds Todestag kennen. So, jetzt fahre ich nach Hause und möchte heute niemanden mehr sehen.« Sie öffnet ihre Autotür. »Danke, dass Sie sich mit mir getroffen haben. Allerdings bin ich mir nicht mehr sicher, ob ich ihnen von Haralds Kladde hätte erzählen sollen.« Sie steigt ein. »Vielleicht sieht man sich ja mal wieder?«

»Aber bitte nicht auf Ihrem Tisch.«

Kaltenbach wartet, bis Linda Michaelis gefahren ist, dann folgt er ihr Richtung Innenstadt. Nach dreihundert Metern sucht er sich wieder einen Parkplatz. Er hofft, Gunnars Zwillingsbruder würde an ihm vorbeifahren und er könne ihm unbemerkt folgen. Die Wartezeit nutzt er, um Wagner anzurufen. Er klärt ihn darüber auf, was auf dem Friedhof geschehen ist, und bittet ihn, trotzdem zu Linda Michaelis zu fahren und auf sie aufzupassen. Dieses Mal ohne Honorar. Anschließend wartet er noch eine halbe Stunde erfolglos auf den Zwilling.

Was könnte ihm ein Besuch bei den Hansens bringen? Nach seinem letzten Gespräch mit der Hebamme ist sich Kaltenbach sicher, dass Gunnars Zwillingsbruder hinter den mysteriösen Ereignissen der letzten Tage steckt. Aber was treibt diesen Mann an? Was bewegt ihn so tief, dass er einen derart starken Hass gegenüber Maren und ihn entwickelt hat? Dass er einen solch großen Aufwand treibt, um ihre Beziehung zu zerstören? Und sind es wirklich die Hansens, die ihn aufgenommen haben? Oder hofft er das nur, weil er nicht weiß, wo er sonst suchen soll?

Kaltenbach fährt von Verden über Hoya nach Bruchhausen-Vilsen. Vorbei am Sellingsloh, dem ersten Schauplatz, an dem er auf den Unbekannten getroffen ist, auch wenn er ihn nicht gesehen hat. Im Kreisverkehr, in dessen Mitte die Dampflokomotive der Museumseisenbahn die Blicke der Autofahrer anzieht, fährt er wieder Richtung Ortskern Vilsen. Er ist gespannt, wie Paula Hansen reagieren wird, wenn er erneut vor ihrer Tür steht? Er parkt in der Brautstraße und bewältigt den Rest der Strecke zu Fuß. Ohne das Haus vorher zu beobachten, geht er direkt darauf zu und läutet. Immer wieder drückt er auf den Klingelknopf, aber niemand reagiert. Er überlegt, im Garten auf der Rückseite des Hauses nachzuschauen.

»Die Hansens sind nicht da.«

Kaltenbach dreht sich um. Auf der Straße steht eine Frau, deren Alter er auf fünfundsechzig schätzt. Sie hat über ihre weiße Bluse und ihre schwarze Jeans eine Küchenschürze gebunden und lebt inmitten einer Knoblauchwolke, die zu ihm herüberweht. »Wann kommen die Hansens denn zurück?«

Sie zuckt mit den Schultern. »Nach einer schnellen Rückkehr hat die Abreise nicht ausgesehen. Sie sind in einem großen

Wohnmobil weggefahren, das ich vorher nie gesehen habe. Wahrscheinlich gemietet.«

Er geht auf die Frau zu. »Kaltenbach mein Name. Haben sie keine Adresse hinterlassen, unter der man sie erreichen könnte?«

»Wo denken Sie hin? Die kapseln sich doch von der Nachbarschaft ab, als hätten sie was zu verbergen.«

Kaltenbach wittert eine Chance. »Können Sie mit was über die Familie erzählen?«

»Und wenn ja, wem würde ich das erzählen?«

Kaltenbach zückt seinen Presseausweis. »Ich schreibe für den Regionalteil des Bremer Tageskuriers. Sie erinnern sich doch bestimmt an die Polizeiaktion vor ein paar Tagen, als alle Nachbarn befragt wurden, weil angeblich mysteriöse Dinge in dem Haus der Hansens passiert sind?«

Die Frau nickt. »Darf ich mir Ihren Ausweis mal genauer ansehen?«

Er reicht ihn der Frau, die ihn eingehend von beiden Seiten betrachtet. Schließlich gibt sie ihn zurück. »Kommen Sie mit rein. Ich hatte noch nie Besuch von der Presse.«

Kaltenbach folgt ihr ins Nachbarhaus. Er ist erstaunt über den erlesenen Geschmack der Bewohner, der sich sowohl in der zeitlosen, nicht überladenen Einrichtung als auch in der Auswahl der Werke zeigt, die im Bücherregal stehen.

»Nehmen Sie doch Platz. Möchten Sie einen Kaffee?«

»Gern, Frau Nussbaum.« Den Namen hat er am Klingelschild gelesen.

»Normalen Kaffee, Espresso, Cappuccino, Latte Macchiato?«

»Einen Cappuccino bitte, wenn es nicht zu viele Umstände macht.«

Monika Nussbaum hantiert am Kaffeeautomaten. »Was möchten Sie denn wissen?«

»Mir ist zu Ohren gekommen, die Hansens hätten eine Tochter und einen Adoptivsohn. Die Tochter soll letztens in die Geschichte verwickelt gewesen sein, deretwegen die Polizei die Nachbarschaft befragt hat.«

»Die Tochter heißt Paula, der Sohn Malte. Wir waren damals gerade hergezogen, als die Kinder wie aus dem Nichts aufgetaucht sind. Von einer Schwangerschaft keine Spur. Das haben uns andere Nachbarn, die Pottheines, erzählt. Sind beide inzwischen verstorben. Insofern gehen wir davon aus, dass beide Kinder adoptiert sind.«

»Sie gehen davon aus? So was müssten Nachbarn doch wissen. Haben Sie denn nie mit den Hansens gesprochen? Hatten Sie keine Kinder, die mit denen der Hansens gespielt haben?«

Monika Nussbaum serviert Kaltenbach den Cappuccino. »Paula und Malte haben nie mit Kindern aus der Nachbarschaft gespielt. Mit den alten Hansens haben wir hin und wieder ein paar Worte gewechselt, meist nur über das Wetter. Sie hat sich mal Mehl und ein andermal Zucker bei mir geliehen. Das war´s auch schon. Frau Hansen ist schon lange tot und Malte wohnt längst nicht mehr hier.«

Kaltenbach trinkt einen Schluck von seinem Cappuccino. »Wissen Sie, wo er lebt und arbeitet?«

Sie schüttelt den Kopf. »Keine Ahnung.«

Kaltenbach zieht ein Bild von Gunnar Neuhaus aus seinem Jackett. »Ist das Malte?«

»Ja, woher haben Sie das Bild?«

Kaltenbach verzieht missbilligend sein Gesicht. »Du sollst dich doch nicht an der Tür zeigen.«

»Ich denke, du achtest darauf, dass dir niemand folgt?«

»Das tue ich auch, aber wie du aus eigener Erfahrung weißt, hilft das nicht immer.«

Maren Petersen geht einen Schritt zur Seite, damit er eintreten kann. »Hast ja recht, ich versuche, künftig daran zu denken.« Sie sieht ihn fragend an. »Ich habe schon gedacht, du würdest dich nie mehr melden. Hast du neue Erkenntnisse?«

Kaltenbach schließt die Haustür hinter sich. »Ja, sogar sehr interessante. Gunnar hatte einen Zwillingsbruder, er heißt Malte Hansen. Sein Adoptivvater ist der alte Mann, der dich verfolgt hat.« Er berichtet Maren von seinem erneuten Gespräch mit der Hebamme, vom Besuch des Waldfriedhofs und seiner Fahrt nach Bruchhausen-Vilsen. »Die Hansens sind verschwunden. Deshalb werde ich, sobald es dunkel ist, in ihr Haus einsteigen und nach Unterlagen suchen. Wo sind Markus und Frederike?«

»In der Oper, das weißt du doch.«

»Entschuldigung, hab ich vergessen.«

Sie schmiegt sich an ihn. »Bitte geh heute Abend nicht weg. Wer weiß, wann wir hier mal wieder allein sind? Meinst du nicht auch, dass wir die Chance nutzen sollten? Oder bist du immer noch zu sauer?«

Kaltenbach küsst ihren Hals. »Bald sind wir mit dieser Geschichte durch, dann haben wir wieder mehr Zeit für uns. Ich muss in das Haus, bevor die Hansens zurückkommen. Es könnte ja sein, dass sie nur kurz weggefahren sind.«

»Du machst dich strafbar, wenn du einbrichst. Außerdem bist du sehr leichtsinnig und bringst dich immer in Gefahr.«

»Gewisse Risiken muss ich eingehen. Es ist wichtig, Maren. Und von Gefahr kann keine Rede sein. Abgesehen davon haben wir auf diese Weise schon einmal die Lösung gefunden.«

Maren macht sich von ihm los. »Ja, und fast den Tod.«

»Ich passe schon auf mich auf und gehe deshalb nicht auf der Straße, sondern vom Kurpark aus zum Haus der Hansens. Aber nicht direkt, ich schlage einen weiten Bogen und nähere mich vorsichtig von der anderen Seite. Das Gelände habe ich mir vorhin schon angesehen. Wenn Malte Hansen kommen und auf die gleiche Weise vorgehen sollte, wären das eine ganze Reihe an Zufällen.«

»Malte Hansen wird genauso denken. Du wirst ihm in die Arme laufen und dies erst merken, wenn es zu spät ist.«

Kaltenbach winkt ab. »Ich breche rechtzeitig auf, weil ich mich dort noch im Hellen umsehen möchte.«

»Nimm wenigstens Jens mit.«

»Jens habe ich nahegelegt, auf Linda aufzupassen. Den kann ich nicht einfach wieder abziehen.«

»Du bist mit dieser Linda schon per Du? Das ging ja schnell.«

»Sie hat vorgeschlagen, sie mit Linda anzusprechen.«

Sie versucht, einen strengen Blick aufzusetzen. »Ist sie attraktiv?«

»Sehr, und sie hat eine starke erotische Ausstrahlung. Aber was ist sie schon verglichen mit dir?«

»Jaja, schmier mir ruhig Honig ums Maul.« Ihr Gesicht wird ernst. »Letzte Nacht hatte ich wieder einen Albtraum. Dieses Mal warst du auch dabei und bist von den Steinen zermahlen worden. Clemens, ich habe Angst, auch um dich.«

»Ich auch.«

»Bleib noch ein Weilchen. Es ist noch länger hell.« Maren öffnet seinen Hosenschlitz und greift hinein. »Muss ich dich vergewaltigen oder schenkst du mir freiwillig ein Stündchen deiner Zeit?«

»Du überzeugst mich gerade, aber nur ein halbes.«

Kaltenbach stellt seinen Wagen in der kaum beleuchteten Ecke vor dem Internetkulturcafé DIE SCHEUNE ab und geht zwischen Kurpark und Freibad in den Wald. Vorsichtig nähert er sich seinem Ziel. Immer wieder wartet er und lauscht. Ihm ist inzwischen klar geworden, dass er doch damit rechnen muss, auf Malte Hansen zu treffen. Genauso wie Hansen damit rechnen wird, dass er, Kaltenbach, sich die Chance nicht entgehen lassen wird, in das verwaiste Haus einzudringen. Andererseits kann sich Kaltenbach nicht vorstellen, dass Malte hier ewig auf ihn warten wird oder sogar wieder eingezogen sein könnte.

Er bleibt erneut stehen. Es ist ruhig. Selbst der Wind legt eine Pause ein, als wolle er Kaltenbach nicht ablenken, keine anderen Geräusche übertönen. Ein trockener Ast knackt. Kaltenbach fährt zusammen. Jemand ist hier, hat auf den Ast getreten. Plötzlich ein Rascheln, das sich aber entfernt. Kaltenbach schaut sich so weit um, wie er seinen Kopf drehen kann, ohne die Füße bewegen zu müssen. Er glaubt, Schatten zu sehen, die sich bewegen. Aber es ist zu dunkel, um die Situation beurteilen zu können. Er wartet noch eine Viertelstunde. Wenn er nicht bis zum Ausschalten der Straßenlampen um Mitternacht ausharren will, bleibt ihm nichts anderes übrig, als die beleuchtete Straße zu überqueren. Falls er Pech hat, vor den Augen von Malte Hansen.

Er verdrängt den Gedanken, aufzugeben. Warum musste er vor Maren den starken Mann markieren? Also los. Mit normalen Schritten bewegt er sich auf das Haus der Hansens zu, dessen Rollläden heruntergelassen sind. Nichts passiert. Sollte Malte doch im Haus auf ihn warten? Kaltenbach geht zur Rückseite des Gebäudes und setzt sich mit dem Rücken zur Wand in einen Gartenstuhl. Wieder wartet er eine Viertelstunde. Dann steigt er die Außentreppe zum Keller hinunter und bricht die Tür mit einem mitgebrachten Stemmeisen auf, was einfacher ist, als erwartet. Die Tür drückt er hinter sich zu und schiebt eine leichte Werkbank davor. Er lehnt sich an die kühle Wand und lauscht. Kein Geräusch, das auf die Anwesenheit eines Menschen schließen ließe. Kaltenbach gibt sich einen Ruck, nimmt sich vor, das Haus systematisch zu durchsuchen. Er beginnt im Wohnzimmer, von dem er sich am meisten verspricht. Zunächst sieht er sich um. Alles scheint unverändert zu sein, seitdem er zusammen mit Hauptkommissar Mühlenfeld hier gewesen ist. Kaum hat er das Sideboard geöffnet, hält ein Auto vor dem Grundstück. Er blickt mit einem Auge durch das kleine Fenster der Haustür. Monika

Nussbaum begrüßt einen jungen Mann, der ihr Sohn sein könnte. Er beobachtet, wie sie gemeinsam ins Nachbarhaus gehen.

Kaltenbach nimmt einen Ordner aus dem Sideboard. Er ist leer, wie alle Ordner, die in dem Sideboard stehen. Er stellt sie zurück. Die Haustürklingel schreckt ihn auf. Wieder geht er zur Tür, wagt aber nicht, durch das Fenster zu schauen. Kaltenbach wartet, aber es klingelt kein zweites Mal. Er kehrt ins Wohnzimmer zurück, wo er sich den Schrank vornimmt. Schnellhefter, Ordner, alles leer. Jemand hat geahnt, dass er kommen würde. Eine andere Erklärung fällt ihm nicht ein. Er muss hier raus, sofort. Sein Smartphone läutet.

»Du guckst in die falschen Schränke.« Hansen klingt vergnügt. »Interessant, dich dabei zu beobachten.«

Kaltenbach bewegt sich Richtung Wohnzimmertür. Ist Malte in der Nähe?

»Stopp«, ruft Hansen. »Das gesamte Haus wird elektronisch überwacht. Ich habe alle Türen verriegelt. Solltest du die Wohnzimmertür, die Terrassentür oder eines der Fenster öffnen, explodiert ein Sprengkörper.«

»Was willst du, Malte?«

Der Mann lacht auf. »Wie ich sehe, hast du deine Hausaufgaben gemacht. Allerdings fehlerhaft. Ja, Malte war mein Zwillingsbruder. Aber er ist tot, gestorben in dem abgelegenen Haus in Stellenfelde, von dir gefunden.«

»Verarschen kann ich mich alleine. Dann hätte Malte ja mit Maren dort hinfahren müssen, das hätte sie gemerkt.«

»Ich bin mit Maren nach Stellenfelde gefahren und ich habe von diesem Stevens eins auf die Rübe gekriegt. Er hat aber nicht fest genug zugeschlagen, ich war nur ein paar Minuten weg. Und rate mal, wer plötzlich vor mir stand? Mein lieber Bruder Malte, dem ich von dem geplanten Wochenende auf dem Lande erzählt hatte. Da er mir schon lange auf den Nerv gegangen war, habe ich ihn niedergeschlagen. Und zwar richtig. Dann habe ich mir seine Klamotten angezogen und bin abgehauen.«

Kaltenbach denkt über seine Möglichkeiten nach. Malte wird gleich hier sein. Oder Gunnar? Er muss dringend verschwinden. Aber soll er riskieren, eine Scheibe einzuschlagen? Er setzt sich und redet weiter mit Malte oder Gunnar, um ihm vorzugaukeln, er hätte keine Eile, wegzukommen. »Das ist doch alles Unsinn. Wo willst du dich denn so lange versteckt haben?«

Wieder dieses Lachen. »Wer sagt denn, dass ich mich verstecken musste. Ich habe einfach Maltes Identität angenommen.« Ein kurzes Zögern. »Allerdings muss ich mich jetzt verstecken. Und auch töten. Dass ich Hiller erschossen habe, war falsch. Ich habe im Affekt gehandelt, um dich zu retten. Aber nicht, weil ich dich mag. Im Gegenteil, ich wollte weiter mit dir spielen. Zuletzt habe ich mir gewünscht, Maren würde dich töten, um an das Gegenmittel zu kommen. Das war ebenfalls ein Fehler. Ich habe nicht damit gerechnet, dass ihr wie die Kletten aneinanderklebt. Oder habt ihr nur zusammengehalten, weil ihr alleine noch mehr Angst vor mir hättet? Wie dem auch sei, ich werde dich töten und mit Maren allein weiterspielen, bis auch sie tot ist. Danach kann ich wieder in der Versenkung verschwinden. Niemand wird mich finden.«

»Das glaubst du doch selbst nicht. In Vegesack wird es Unterlagen über die Adoption eines Malte Hansen geben. Ich werde nicht mal lange suchen müssen.«

»Mein Kompliment, du hast wirklich gut recherchiert. Aber du wirst sehen, dass ich keine Spuren hinterlassen habe. Und die Person, die mich aus den Akten verschwinden lassen hat, könntest du bestenfalls auf dem Friedhof treffen. Was man doch durch ein paar Euro alles erreichen kann.«

Kaltenbach springt auf, hebt eine schwere Bodenvase hoch und schleudert sie in das Glas der Terrassentür, das splitternd zerbricht. Keine Explosion. Er zögert zunächst, zu seinem Auto zu

laufen, weil er nicht weiß, ob draußen ebenfalls Kameras ange-
bracht sind, die seine Fluchtrichtung verraten. Aber was soll's, er
hat keine Wahl, kann nicht einfach warten. Er rennt auf der Straße
am Wald entlang, biegt zum Friedhof ab und hofft, sein Auto heil
zu erreichen.

Freitag, 29. Juli

Kaltenbach wagt es nicht, Malte Hansen bei der Polizei anzuzeigen, weil er dann seinen Einbruch sowie die Zerstörung der Terrassentür und der Außentür des Kellers gestehen müsste. Daher
hat er Markus Sandman gebeten, die Namen Malte Hansen, Malte
Neuhaus und Gunnar Neuhaus durch den Polizeicomputer laufen
zu lassen. Sandman hat, außer alten Einträgen über Gunnar, keinen Treffer erzielt. Kaltenbach hat parallel im Internet recherchiert und Personen mit den entsprechenden Namen gefunden, hat
aber fast alle aufgrund von Fotos oder Altersangaben aus der
Liste der infrage kommenden Personen streichen können. Letztlich sind je zwei Malte Hansen und Gunnar Neuhaus sowie ein
Malte Neuhaus übrig geblieben, die zwischen Hamburg und Leer
wohnen und wegen ihrer räumlichen Nähe zu den Verdächtigen
zählen. Kaltenbach hat sie alle in den letzten Tagen aufgesucht.
Der Malte Hansen, für den er sich interessiert, ist nicht darunter
gewesen. Dass der Mann, der Malte Hansen oder Gunnar Neuhaus ist, geheiratet und den Nachnamen seiner Frau angenommen
hat, kann Kaltenbach nicht wissen.

»Wir sollten Markus bitten, uns zu helfen.« Maren Petersen
sieht Kaltenbach fragend an. »Mit der Polizei als Absicherung
würde ich mich wesentlich wohler fühlen.«

Kaltenbach blickt von der Terrasse des Café Ambiente auf die Weser, auf der Mitglieder eines Rudervereins an ihrer Kondition arbeiten. »Glaubst du etwa, die Polizei würde mitspielen, wenn wir jemanden eine Falle stellen wollen? Abgesehen davon wäre im Kreis Ottersberg das Rattengesicht Novak zuständig. Der hätte nichts Besseres zu tun, als uns selbst in eine Falle laufen zu lassen. Finde dich bitte damit ab, Maren, dass es unsere Privatangelegenheit ist. Wenn du Angst hast, nehme ich Jens mit. Jens Wagner natürlich, nicht Jens Novak.«

Maren schüttelt den Kopf. »Ich habe mir geschworen, das Haus nie wieder zu betreten. Aber mir bleibt wohl keine Wahl, wenn wir die Geschichte abschließen wollen. Was hast du eigentlich genau vor?«

»Wir werden Malte oder Gunnar nach Stellenfelde locken, indem du in unserer Wohnung sagst, dass du noch einmal ein Wochenende in dem einsamen Haus deiner Freundin verbringen möchtest. Darin sähest du die einzige Chance, mit der Vergangenheit abzuschließen, weil dort mit der Ermordung Gunnars alles begonnen hat. Es gehe letztlich darum, an den Anfang zurückzukehren, um noch einmal neu durchstarten zu können. Malte wird recherchiert haben und das Haus kennen. Wir werden ihn zudem provozieren, indem wir uns über ihn auslassen. Er soll hören, dass er sich uns gegenüber sehr erbärmlich verhalten und dadurch das Ansehen seines Bruders beschmutzt hat.«

»Und du denkst, er wird die Falle nicht riechen?«

»Wir müssen ihm ein bisschen Theater vorspielen. Ich werde so tun, als hielte ich deinen Plan für unsinnig. Daraufhin musst du versuchen, mich mit Argumenten zu überzeugen. Schließlich werde ich nachgeben. Ich entwickle das Gespräch vorher. Wir sollten uns an ein Skript halten, auch mit Pausen, dort wo sie hingehören. Nur wenn wir die Sache professionell angehen, können wir ihn überzeugen. Da er mit uns abrechnen will, dürfte unser Plan gelingen, zumal er uns sonst nirgends so leicht und unauffällig fassen könnte. Hier aufzukreuzen, wird er nicht noch mal wagen.«

»Und was tust du, wenn wir ihn oder doch Gunnar treffen?«

»Das weiß ich noch nicht. Wir müssen uns das Haus und das Grundstück erst noch mal ansehen.«

»Na gut, ich rufe meine Freundin an und frage, ob ich den Schlüssel noch einmal bekommen kann. Begeistert wird sie nicht sein, nachdem was dort passiert ist.«

Samstag, 30. Juli

Kaltenbach schielt zu Maren hinüber, die mit gesenktem Kopf auf dem Beifahrersitz hockt. Seitdem sie ins Auto gestiegen ist, hat sie kein Wort mehr gesprochen. Er weiß, was in ihr vorgeht. Die Erinnerungen, die seit Jahren im Hintergrund darauf lauern, sie anzuspringen, drängen mit Macht nach vorn, drohen sie zu ersticken. Kaltenbach selbst beschleicht ebenfalls ein ungutes Gefühl. Er wollte nie wieder an den Ort zurückkehren, an dem er seinen toten Freund gefunden hat. Oder doch dessen Bruder, über den Gunnar nie in Wort verloren hat? Kaltenbach schüttelt sich. Maren blickt kurz auf, lässt ihren Kopf aber gleich wieder sinken und fixiert weiterhin den Boden.

In Posthausen biegt Kaltenbach Richtung Stellenfelde ab. Die Häuser, alle mehr oder weniger ohne unmittelbare Nachbarn, tauchen nacheinander schemenhaft aus dem dicken Nebel auf, erscheinen kurz als dunkle Flecke, um sich gleich wieder den Blicken zu entziehen. Fast wäre Kaltenbach an dem Grundstück vorbeigefahren. Er bremst scharf und schafft es gerade noch, in die Einfahrt des Hauses abzubiegen, das durch Fichten und Kiefern zur Straße hin abgeschirmt wird. Ein Anwesen, das im Nebel noch unheimlicher wirkt.

Er stoppt direkt vor der Haustür, um den Aufenthalt im Freien möglichst kurz zu halten. Maren versucht aufzuschließen und stochert dabei auf dem Türschild herum, ohne das Schlüsselloch zu treffen. Kaltenbach nimmt ihr den Schlüssel aus der Hand. Sie schmiegt sich an ihn, als sie das Haus betreten. Nach dem Mord sind sie beide bloß noch einmal hier gewesen. In das Haus, das auch innen sehr düster ist, sind sie dabei nicht gegangen, sondern haben nur Marens Wagen abgeholt. Kaltenbach erinnert sich, dass sie damals in der gleichen Stimmung gewesen ist. Wortlos starrt Maren auf die Stelle, an der Gunnar gelegen hat, die jetzt ein bunter Teppich überdeckt. Alle Anläufe, das Haus zu verkaufen, sind gescheitert. Marens Freundin findet keinen ernsthaften Interessenten. Nach den Presseberichten über den Mord haben nur Schaulustige Interesse geheuchelt.

Kaltenbach möchte die Fenster aufreißen, um der abgestandenen Luft eine Chance zu geben, zu entweichen, aber Maren schüttelt den Kopf. Schweigend nimmt sie ihm den Schlüssel aus der Hand und verschließt die Haustür von innen. Sie wirft einen Blick in das Wohnzimmer, in dem sie mit Gunnar, an dessen letzten Abend, fürstlich gespeist hat. Nichts erinnert mehr daran. Hat der Abend überhaupt stattgefunden? Mühsam reißt sie sich von dem Anblick los und steigt die Treppe hinauf. Dreimal blickt sie zurück, um sicher zu sein, dass Kaltenbach ihr folgt. Im Schlafzimmer sinkt sie auf das Bett, springt aber sofort wieder auf und wendet sich angewidert ab. »Ich weiß nicht, ob ich das schaffe, das mit der Falle. Wie stellst du dir das überhaupt vor? Willst du Malte den Schädel einschlagen, wenn er durch die Tür tritt?«

»Wie schon gesagt, ich weiß es noch nicht.«

»Dann lass dich schnell inspirieren, lange halte ich das an diesem schrecklichen Ort nicht aus. Vielleicht ist er hier, hockt in einem Schrank oder liegt unter dem Wohnzimmersofa? Oder er wartet draußen auf uns? Lass uns abhauen!«

Kaltenbach lehnt sich an die Wand. »Nur mit der Ruhe, die Vorgehensweise will gut überlegt sein. Wir bekommen bestenfalls eine Chance, Malte zu überrumpeln.«

Maren stöhnt auf. »Mach dir doch nicht selbst was vor, Clemens. Entweder du lauerst ihm auf und ziehst ihm einen Knüppel über den Kopf, dann bist du wegen Körperverletzung oder Totschlag dran. Oder er hält dir eine Pistole unter die Nase und das war's für uns beide. Ein Malte Hansen ist doch nicht auffindbar. Eventuell lebt er unter einem anderen Namen. Er kann uns töten und sich wieder unsichtbar machen. Also vergiss deinen Plan mit der Falle und lass die Polizei nach ihm suchen.«

»Du weißt genau, dass Novak nichts unternehmen wird. Dem geht das Thema doch am Arsch vorbei. Aber gut, ich zwinge dich nicht, mitzumachen.« Kaltenbach schaut ins Bad. Danach gehen sie nach unten, wo er sich ebenfalls gründlich umsieht. Schließlich zuckt er die Schultern. »Im Moment sehe ich noch keinen Plan. Lass uns in den nächsten Tagen, wenn der Nebel weg ist, noch einmal herfahren. Falls du danach immer noch nicht mitmachen willst, frage ich Jens oder ziehe die Sache alleine durch. Das funktioniert aber nur, wenn du das Gespräch mit mir führst, mit dem ich Malte in die Falle locken will.«

»Daran soll es nicht scheitern, aber mir wäre es lieber, du brächest die Sache ab.«

»Das ist keine Option. Ich tue das nicht für mich, sondern für uns.«

»Ich weiß und deshalb möchtest du, dass ich ein schlechtes Gewissen bekomme. Das habe ich schon, aber meiner Meinung nach wäre es unsinnig, gefährlich und auch unverantwortlich, sich mit einem unausgegorenen Plan in ein derartiges Abenteuer zu stürzen.«

»Maren, ich respektiere deine Ansicht, aber ich werde nicht zulassen, dass Gunnars Bruder weiterhin seinen Frust an uns auslebt. Er kann nicht verwinden, dass seine Eltern ihn ausgesetzt haben. Aber das ist nicht unsere Schuld. Leider hat er den Vorteil, dass er unauffindbar ist, uns aber immer beobachten kann.«

Maren packt seinen rechten Arm. »Mal eine andere Frage. Wie würdest du handeln, wenn es doch Gunnar wäre? Ganz ausschließen kannst du das nicht.«

»Jetzt hör aber auf. Dir gelingt es weder, bei mir Bedenken zu erzeugen, noch mich von meinem Plan abzubringen.« Kaltenbach wirft einen Blick aus dem Fenster. »Der Nebel verzieht sich. Wir warten noch einen Moment, dann sehe ich mich draußen um.« Er schaut Maren triumphierend an. »Ich hab's. Wir schnappen uns Malte im Freien. Wenn er kommt, rufe ich dich zuhause an und lasse es einmal klingeln. Das ist für dich das Zeichen, ein Handy anzurufen, das ich hier draußen verstecke. Malte wird sich vorsichtig dem Klingelton zuwenden. Während er sich auf die Richtung konzentriert, werden Jens und ich ihn uns schnappen.«

»Und dann?«

»Dann wird er berichten, auspacken.«

»Warum sollte er?«

Kaltenbach stemmt seine Arme in die Hüften. »Das überlass mal mir.«

»Er zeigt dich an, wenn du ihn verletzt.«

Kaltenbach lacht. »Malte hat Hiller erschossen, der macht einen weiten Bogen um jeden Polizisten. Abgesehen davon würde ich an ihm keine Spuren hinterlassen und alles abstreiten.« Er öffnet die Haustür. »Komm, wir suchen einen Platz für das Finale.

Donnerstag, 4. August

Maren Petersen fühlt sich auch heute nicht wohl in ihrer Haut. Dabei hat sie selbst angeboten, noch einmal nach Stellenfelde zu fahren, um die von Clemens geplante Falle besser vorzubereiten. Sie stehen vor dem Haus, unschlüssig, ob sie sich erst draußen oder drinnen umsehen sollten. Wind ist aufgekommen, der seine Kraft an den Fichten und Kiefern auslässt. Für den Fall, dass Clemens und Jens im Haus auf Malte treffen, müssen sie optimal vorbereitet sein, denkt Maren. Was am nächsten Sonntag geschehen wird, ist dennoch unabsehbar. Sie hat mit Clemens das von ihm entwickelte Gespräch geführt und dies nach eigenem Gefühl sehr überzeugend getan. Die Antwort auf die Frage, ob Malte Hansen mitgehört hat und darauf wie gewünscht reagieren wird, fällt jedoch in den Bereich der Spekulation. Sie lässt ihren Blick über die dicht an dicht stehenden Baumreihen schweifen, als wolle sie das Dickicht dazu bringen, mit ihr zu kommunizieren. Ihr zu verraten, dass Malte sich zwischen den Bäumen versteckt und sie beobachtet?

Maren reißt sich zusammen und konzentriert sich wieder auf Kaltenbach. »Wo möchtest du Malte treffen? Wenn ihr draußen wartet und der Trick mit dem Handy nicht klappt, wäre er gewarnt. Würde er in dem Fall noch ins Haus gehen? Und wenn ja, müsstet ihr ihm folgen. Dann würdet ihr entweder gleich beim Eintreten auf ihn stoßen, oder er wäre nach oben gegangen und ihr hättet die Wahl, ihm nachzusteigen oder zu warten, bis er wieder herunterkommt. Egal, wie dein Plan aussehen wird, er bleibt unausgegoren. Wenn du mich fragst, wäre es wirklich besser, die Aktion abzublasen.«

»Das Thema hatten wir doch schon. Wo siehst du das Problem? Wir warten einfach darauf, dass er wieder rauskommt. Besser könnte es doch gar nicht laufen. Wenn wir ihm ins Haus folgen, wären wir diejenigen, die in eine Falle laufen.« Kaltenbach blickt sich kurz um. »Lass uns trotzdem noch mal reingehen. Eine Alternative wäre, dass Jens und ich uns aufteilen. Jens wartet oben, ich draußen. Falls Malte das Haus betritt, hätten wir ihn in der Zange.« Er hält Maren die Tür auf. »Wir sehen uns noch mal um. Besser einmal zu viel als zu wenig.«

Auf der Treppe tritt Maren auf die einzige Stufe, die laut knarrt, und zuckt zusammen. Kaltenbach grinst. »Falls wir oben warten und auch Malte diese Stufe erwischt, wäre das so, als würde er anklopfen.«

Maren bleibt stehen. »Hier stimmt was nicht. Es riecht anders als sonst.«

Kaltenbach wedelt seiner Nase mit der Hand Luft zu. »Mir fällt kein Unterschied auf. Komm, Maren, wie nehmen das Schlafzimmer und das Bad noch mal unter die Lupe.«

Maren Petersen deutet auf das Gewehr, das in einer Ecke des Flurs an der Wand lehnt. »Das Gewehr war bei unserem letzten Besuch noch nicht da. Es muss jemand hier gewesen sein oder noch hier sein.«

Die Toilettentür schwingt auf und gibt den Blick auf Malte Hansen frei. »Überraschung! Aber es ist kein Zufall, dass wir uns treffen, ich hause hier schon seit Montag. Habe doch geahnt, dass ihr noch mal vorbeikommt. Ihr solltet besser aufpassen, dann hättet ihr gesehen, dass ich unten eine Fensterscheibe mit meinem Glasschneider bearbeitet habe.«

Hansen beobachtet Kaltenbach, der nach dem Gewehr schielt, greift nach hinten und zieht eine Pistole aus dem Hosenbund. »Ich schlage vor, wir gehen unaufgeregt in das Finale, setzen uns erstmal ins Wohnzimmer und unterhalten uns in aller Ruhe.« Er greift das Gewehr mit der linken Hand, hebt den Arm mit der Pistole und deutet auf die Stufen. »Ihr zuerst, und keine Mätzchen.«

Kaltenbach schiebt Maren zur Treppe und steigt hinter ihr hinab, damit Hansen sie nicht unmittelbar angreifen kann. Er selbst hält sich auf beiden Seiten am Treppengeländer fest, jederzeit mit einem Stoß rechnend. Doch sie kommen ohne Zwischenfall nach unten.

Hansen zeigt mit der Pistole auf das Sofa. »Macht es euch gemütlich.« Nachdem sich Kaltenbach und Maren gesetzt haben, lehnt Hansen das Gewehr an den Wohnzimmertisch und lässt sich in einen abgewetzten Sessel sinken. »Das Wichtigste zuerst: Ob ihr es wahrhaben wollt oder nicht und auch wenn ich mich wiederhole: Ich bin Gunnar. Malte hatte sich schon länger an mich geklammert und mich damit genervt. Ich gebe zu, den Fehler gemacht zu haben, Malte zu sehr an mich heranzulassen. Aber er war nun mal mein Zwillingsbruder und er konnte nichts dafür, dass unsere Eltern ihn ausgesetzt hatten. Das hätte ebenso gut mir passieren können. Deshalb habe ich mich oft mit ihm getroffen und ihm alles anvertraut.« Er schaut Maren an. »Vielleicht zu viel, auch über unser Verhältnis. Wir mochten uns halt. Aber irgendwann wollte er auf einmal mehr, als ich bereit war, ihm zu geben. Beispielsweise, dass wir unsere Rollen tauschen. Mit anderen Worten: Er war scharf auf dich, Maren. Genauso wie Clemens.« Hansen-Neuhaus räuspert sich. »Als er dann unerwartet vor mir stand, habe ich, wie bereits gesagt, die Chance gesehen, ihn loszuwerden und, wie die Ironie so mit uns spielt, seine Rolle zu übernehmen und unterzutauchen.«

Kaltenbach verschränkt seine Arme vor der Brust. »Rede keinen Unsinn, Malte. Unterstellen wir mal, du seiest Gunnar. Wie hättest du die Rolle von Malte übernehmen können? Es muss Unterschiede zwischen euch gegeben haben, die irgendjemanden aufgefallen wären, zum Beispiel Maltes Lebensgefährtin?« Kaltenbach lehnt sich im Sofa zurück. »Malte, ich sage dir was: Du hast Gunnar vergöttert und siehst in uns die Schuldigen für seinen Tod. Was nicht stimmt. Und Maren hat auch nicht seine Liebe verraten und ich nicht seine Freundschaft.«

Hansen-Neuhaus lässt seinen Blick herausfordernd zwischen Kaltenbach und Maren hin und her wandern. »Wenn das so ist, wäre es doch kein Problem für Maren, zu mir zurückzukehren, oder?« Triumphierend lächelnd verschränkt er die Arme hinter seinem Kopf, ohne die Pistole aus der Hand zu legen. »Weißt du noch, Maren, wie du den Grünkohl versalzen und aus lauter Frust so viel Bier getrunken hast, dass ich dich ins Bett bringen musste? Und dass du am nächsten Morgen eine halbe Stunde über der Kloschüssel gehangen hast? Oder wie wir mal an einem Heiligabend nichts zu essen gekriegt haben, weil du so scharf auf mich warst und nicht von mir lassen konntest. Oder wie …«

Maren springt auf. »Es ist gut, Gunnar. Quatsch, Malte wollte ich sagen.«

»Du musst nicht erröten wie eine Jungfrau, Maren. Setzt dich wieder hin. Und damit du´s weißt: Ich würde dich nicht zurücknehmen, niemals. Ich war entsetzt, dass du Clemens nicht abgewiesen hast. Du kannst dir nicht vorstellen, wie groß meine Enttäuschung war. Aber Clemens wird auch nichts mehr von dir haben. Für euch ist hier Endstation.« Er wendet sich Kaltenbach zu. »Du bist in meiner Achtung auf dem absoluten Tiefpunkt gesunken, Clemens. Maren vögelt in der Weltgeschichte rum und du nimmst das seelenruhig hin. Mein Beileid. Wie kannst du dich so von einer Frau gängeln lassen?«

»Clemens hat das nicht so hingenommen und ich habe nicht rumgevögelt«, schreit Maren ihn an. »Jetzt hast du dich verraten, du Arschloch hast uns abgehört.«

»Ja und, wir leben nun mal in einer Informationsgesellschaft. Und selbst da gilt eine alte Weisheit: Wer zu spät kommt, den bestraft das Leben.«

»Du hast also bei deinen Besuchen in unserer Wohnung Wanzen oder Mikrofone eingebaut?«, fragt Kaltenbach.

»Ich gebe zu, in eurer Wohnung gewesen zu sein. Das war schließlich kein Problem, weil ich noch meinen Schlüssel hatte.

Es war zu köstlich, euren Gesprächen zu lauschen, wenn ich wieder was verschwinden oder auftauchen lassen habe und ihr euch deshalb gestritten habt.« Er tupft sich mit seinen Zeigefingern Tränen aus den Augenwinkeln. »Trotz meines Grolls war das einfach zu köstlich. Aber wie ich euch abgehört habe, müsst ihr nicht wissen. Schließlich sollt ihr auch im Jenseits noch was haben, über das ihr nachdenken könnt.« Er lächelt, als wäre ihm gerade etwas eingefallen. »Schade, dass ich euch nicht weiter belauschen kann. Es war nicht nur amüsant, sondern auch billiger als Kino.« Er steht auf. »Genug geschwätzt, ich werde euch erschießen. Nachdem ich Hiller ins Jenseits befördert habe – um weiter mit dir spielen zu können, Clemens – kommt es auf zwei weitere Morde auch nicht mehr an. Ich habe zwar überlegt, euch leben und leiden zu lassen, indem ihr nie die Wahrheit erfahren hättet, nie hättet wissen können, ob ich Malte oder Gunnar bin. Nie hättet sicher sein können, ob ich mich beide betrogen habt, euren Lebensgefährten beziehungsweise besten Freund. Es ist verlockend, einfach zu verschwinden und euch im Ungewissen zu lassen. Ihr hättet keine Chance, mich zu finden. Stattdessen müsstet ihr ständig damit rechnen, dass ich's mir anders überlege und euch doch noch abknalle. Aber irgendwann endet jedes Drehbuch. Jetzt ist es so weit, die Schlussszene steht an.«

Maren Petersen springt auf. »Gunnar hat sich ein M auf den Hintern tätowieren lassen. Wenn du wirklich Gunnar bist, könntest du es beweisen. Zeig mir die Tätowierung.«

»Du hättest letztens in deiner Wohnung darauf achten sollen, statt nur mein bestes Stück anzustarren.«

Kaltenbach greift das Gewehr, das am Wohnzimmertisch lehnt und richtet es auf Hansen-Neuhaus, der seine Pistole wieder in die Hosentasche geschoben hat.

Hansen-Neuhaus tritt näher an Maren heran. »So abgebrüht bist du nun doch nicht, Clemens, dass du ein zweites Mal mit der

Verantwortung für meinen Tod leben könntest. Dafür kenne ich dich zu gut.«

Kaltenbach zielt auf die Brust des Mannes. »Ich habe noch nie getötet. Du solltest aber nicht glauben, dass sich das nicht ändern könnte. Geh von Maren weg.«

Hansen-Neuhaus greift in die Tasche, in der seine Pistole steckt, und tritt noch näher an Maren heran. »Du wagst es nicht.«

Kaltenbach gibt Maren Petersen mit den Augen ein Zeichen, sie solle zur Seite treten. Sie bewegt sich einen halben Meter. Kaltenbach drückt ab. Kein Knall, keine Kugel.

Hansen-Neuhaus lacht ihm ins Gesicht. »Für wie blöd hältst du mich eigentlich, Clemens. Meinst du, ich würde hier ein geladenes Gewehr rumstehen lassen, damit du mich jederzeit abknallen kannst.« Hass spiegelt sich in seinen Augen, als er die Pistole aus der Hosentasche zieht.

Kaltenbach packt das Gewehr am Lauf, macht zwei schnelle Schritte auf Hansen-Neuhaus zu und lässt den Kolben auf dessen Kopf krachen. Der Mann schwankt und rudert haltsuchend mit den Armen, bevor er der Länge nach auf dem Boden aufschlägt.

Maren Petersen schreit auf. »Was hast du getan, Clemens. Das ganze Blut. Er ist tot. Hörst du: Er ist tot.«

Ein Jahr später

Der lichtdurchflutete Garten lädt zum Entspannen ein, doch Clemens Kaltenbach und Maren Petersen spüren – wie immer, wenn sie diesen Ort besuchen – eine innere Unruhe. Im Schatten einer großen Eiche finden Sie eine unbesetzte Bank, auf der sie sich niederlassen. Die Sonne zeigt sich an diesem Sommertag schon seit dem frühen Morgen. Es weht ein leichter Wind, der aber kaum für Kühlung sorgt.

Maren lehnt sich an Kaltenbach an. »Er war sich seiner Sache völlig sicher, auch, weil alles nach seinem Drehbuch abgelaufen ist.«

Kaltenbach legt seinen rechten Arm um ihre Schultern. »Und doch ist er gescheitert und alles ist herausgekommen. Ich muss zugeben, er hatte es optimal geplant, allerdings ohne an die Tätowierung zu denken. Dennoch hätten wir aufgrund des Namens, den er durch seine Heirat angenommen hat, ewig nach ihm fahnden können. Insofern hatten wir Glück, dass seine Frau und die Hansens nach ihm gesucht haben, als er nicht mehr ansprechbar war. Letztlich ist ihm sein Hass zum Verhängnis geworden.«

»Und dieser Zeitaufwand, nur um seinen Hass ausleben zu können. Er hat seine Frau in ihrem kleinen Betrieb allein gelassen, obwohl sie auf seine Mithilfe angewiesen war. Sie mauert nach wie vor in diesem Punkt, als wäre es ihr peinlich, dass sie ihn hat machen lassen. Andererseits muss ich mich selbst fragen, warum ich mir nichts dabei gedacht habe, dass Gunnar immer häufiger alleine unterwegs war. Während seiner Alleingänge müssen sich die beiden Zwillinge getroffen und ausgetauscht haben.« Sie schüttelt sich. »Irgendwie widerlich.«

Kaltenbach zieht Maren an sich, die er wieder fester anpacken mag, seitdem sie zugenommen und zu ihrer früheren, immer noch sehr schlanken Figur zurückgefunden hat. »Du solltest das, was geschehen ist, nicht länger hinterfragen. Lass die Vergangenheit ruhen und freue dich, dass deine Albträume verschwunden sind. Ich bin froh, dass das Gericht auf Notwehr erkannt hat, sonst hätten wir ganz andere Probleme. Aber es ist vorbei und wir sollten nach vorne schauen.«

Maren steht auf. »Da kommt er.«

Sie gehen dem Mann entgegen, den eine Pflegerin im Rollstuhl in den Garten schiebt.

»Hallo Gunnar.« Kaltenbach klopft ihm auf die Schulter. »Wie geht es dir?«

Der Mund des Mannes, aus dem Speichel läuft, ist zu einem diabolischen Grinsen verzerrt. Doch er nickt Ihnen zu.

Kaltenbach flüstert Maren ins Ohr. »Warum müssen wir ihn immer noch Gunnar nennen? Wann hört das endlich auf?«

»In seinem Zustand ist es doch egal, ob er mal Malte oder Gunnar war. Stell dir einfach vor, er sei Gunnar.«